U0153738

林明鋒★編繪

五南圖書出版公司 印行

作者簡介

林明鋒

專職漫畫家，擅長歷史人物繪圖，百分百的「三國控」，對三國歷史和人物性格相當著迷，多次繪著成書籍出版，腦海裡裝的是三國，心裡想的是三國，筆下化成文字是三國，揮灑成圖像的也是三國！三國裡的人物可以是英雄式的演出，可以是耍智謀的出招，也可以笑中帶淚的飆戲……這就是他眼中的三國魅力！

代表作品：《蜀雲藏龍記》、《雲州大儒俠》、《洪蝠齊天》、《笑三國》

得獎紀錄：

一九九二年東立出版社漫畫新人獎、一九九五年（84年度）國立編譯館優良漫畫獎：甲類佳作（蜀雲藏龍記的第三部）、二〇〇一年（90年度）國立編譯館優良漫畫獎：甲類佳作（雲州大儒俠史豔文），作品收藏在雲林偶戲博物館。

那些狠角色們……

《三國演義》的作者羅貫中在這部大書的開場中，說出了一句透視中國歷史的話：「天下大勢，合久必分，分久必合。」此言之所以顛撲不破，其間最主要的原因在於中國社會對「人才」的渴求。每到政治瀕臨崩解的危急存亡之秋，總有非常之人挺身而出，以捨我其誰的精神撥亂反治。所謂「江山代有才人出」，短短一段不滿百年的三國時期，秀異人才輩出！諸葛亮、龐統在未出仕之前，已經名動天下！而曹操也對劉備直言：「天下英雄，唯使君與操耳。」

在三國分疆的時代，得人者昌。而這些一時之選的人傑，總是在不斷地對立衝突的軍事與外交情勢之下，彼此激發出了充滿智慧的韜略，諸葛亮曾讚賞曹操善用奇兵突襲，他打仗是以智取，諸葛亮本人則更是當世奇才！孔明之用兵，止如山，進退如風。這些互相敵對的人才，也都是可敬的對手！同時也在千百年以下讀者的心目中，留下了許許多多深刻雋永、幽默風趣的精彩片段。

《三國笑史》系列就是在這樣的基礎上，進一步揉合了經典文學與爆笑漫畫，那些充滿知性又兼具趣味的對白，再加上KUSO的繽紛插圖，使得沙場上馳騁驍勇的戰將們，個個轉身成為口語化的性格主角，將讀者帶進了輕鬆易懂的故事情境。從白馬將軍公孫瓚、聯軍盟主袁紹、一代影后貂蟬、賣鞋郎劉備……等等輪番上陣的三國名人背後，透視古人的文武裝扮、生活用品、科學技術，甚至於戀愛美學。我們在漫畫家林明鋒的筆下，穿越時空，一睹當時最夯的武器、最酷的盔甲、最賣的暢銷書、最拉風的跑車……。原來閱讀古典文學是這麼令人興奮的一件事！

理解三國時期各種人物的性格與命運時，同時也是一場非常有趣的心智冒險經歷！熱愛三國故事的人們絕不會忘了那些悲劇性的時刻：董卓殺少帝、屠百姓、盜墓燒城，喪心病狂！他死後屍體被用來燃燈照明，其棺木又遭雷電劈打！而袁紹在當上盟主之後，自大疑心、輕信讒言，與自家人爭奪不休，最後竟落得吐血身亡！老來出運的賣鞋郎劉備，為了替關羽和張飛報仇，竟一時之間感情用事，傾全國之兵討伐東吳，不僅血海深仇未報，反而被陸遜一把順風火，燒得全軍大敗！這都是我們現代人可引為警惕的事。

然而當我們想要融入這些具體情境的時候，地理方位和空間概念的建構，又成為我們最初的課題。這個部分《三國笑史》以生動有趣的漫畫，連環組成了一系列簡潔清晰的漫畫式地圖，讓我們毫無障礙地穿越時空回到古戰場，具體感受這些叱吒風雲的狠角色們，如何在幽州、冀州、并州、青州、徐州……之間，笑傲沙場，轉戰千里。

走過一段風雲變幻的歷史歲月，遙想當年那些蓋世英雄，每一個人都有屬於他自己的豪情壯舉，關公斬華雄、顏良，誅文醜，過五關斬六將，單刀赴會，水淹七軍……，卻也躲不過天生性格的弱點，麥城一敗，喪失了性命和自尊，歸根結柢還在於過度的自信與自矜。而周瑜的抗壓性弱，張飛的猛暴與固執，呂布善變，袁紹多疑，曹操輕敵……，閱讀這些精彩故事的時候，腦海中自然浮現出一幕幕生動的畫面和深刻的意象，那將使我們在經典中逐漸的潛移默化，知所警惕。於是我們將逐漸開啓智慧、激發腦力和創意，以吸取古人生命的熱力來點亮自己未來無限的光輝。

佛光大學中文系副教授　朱嘉雯
二〇一四年十二月十四日

泗水
下邳
老曹這招眞夠狠，用水攻讓我坐困愁城，要了我的命！
我潰決汶、泗之水，淹了下邳城，讓呂布成了等著挨打的落水狗。
袁術這猴子竟敢拿我抵押的傳國玉璽稱帝，我非打得他滿地找牙不可。
壽春
揚州

曹操智取徐州地圖

汶水
徐州
豫州

小沛

徐州城

沒義氣的呂布奪了我的地盤，曹操出兵攻打徐州正好替我教訓他。

我的娘唷！我都從壽春逃到淮南，還不肯放過我，當皇帝怎麼這麼難呀！
淮南

三國人物點名

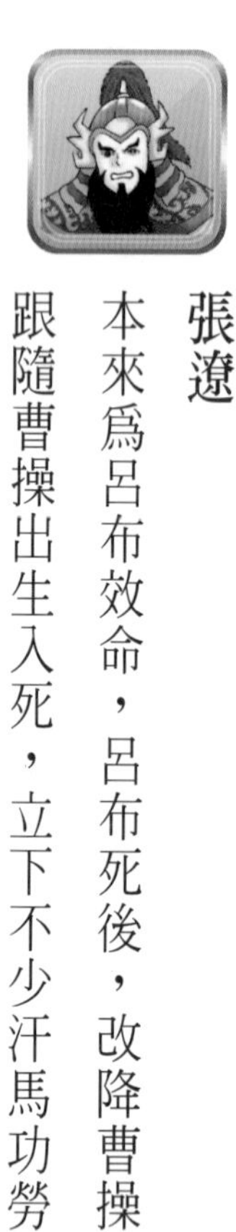

張遼

本來爲呂布效命，呂布死後，改降曹操。張遼是一名出色的武將，跟隨曹操出生入死，立下不少汗馬功勞，深受賞識。後來他隨著曹軍進攻東吳時，身中數箭而死。

典韋

曹營的武將，據說八十斤的雙鐵戟在他手上，運斤成風，打得勁敵聞風喪膽。他因受夏侯惇的推荐而擔任曹操的私人護衛，張繡放火燒曹營時，他被灌醉，武器也被偷走，爲了保護曹操，典韋擋殺了好幾人，最後身中數箭而死。

許褚

長得高力氣又大，年輕時曾單手拖著牛尾巴行走百餘步。許褚早年在家鄉號召群眾數百人抵抗黃巾賊，後效命曹操，典韋死後，改由他擔任曹操的貼身侍衛，人稱「虎痴」。

顏良

關東盟主袁紹手下的猛將，當年袁紹與曹操激戰時，顏良一人力擋曹軍的大將宋憲、魏續、徐晃，曹家軍的人都很怕他。後來，與關羽對打，被一刀擊斃。

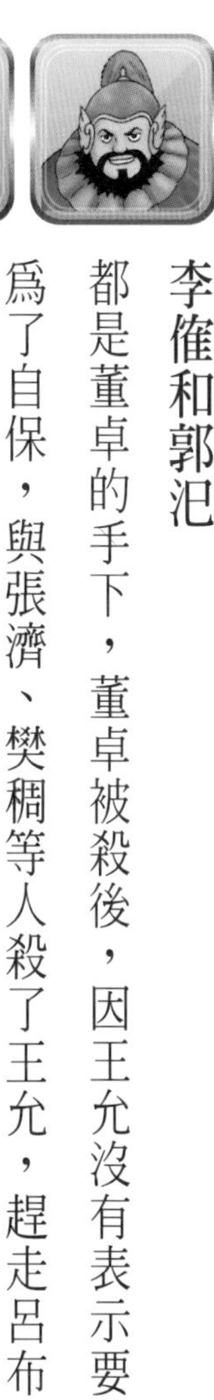

李傕和郭汜

都是董卓的手下，董卓被殺後，因王允沒有表示要赦免他們，二人爲了自保，與張濟、樊稠等人殺了王允，趕走呂布。事後，被封大將軍，進而挾持漢獻帝，掌控漢王朝一段時間。

楊彪

出身大官人家，是「銜環」故事主角楊寶的玄孫。傳說先祖楊寶因救了西王母使者變成的黃雀，仙童送了四枚白玉環表示謝意，並預言楊寶四代都會做到大官，受人尊崇。

荀彧（ㄩˋ）

曹營裡穩坐Ａ咖寶座的謀士，史料上記載他是美男子，也是一流的政治家。早年荀彧效命袁紹，後投奔曹操。向來惜才的曹操大喜，讚美荀彧說：「是我的張良。」

呂範

江東小霸王孫策的謀士，當年孫策還依附在袁術手下時，他常與孫策下棋，後來助孫策脫離袁術控制。魏、蜀、吳三國鼎立時，他建議孫權把妹妹孫尚香嫁給劉備，大搞政治聯姻。呂範死後，孫權還親自爲他舉行喪禮。

紀靈

袁術的手下，慣用的三尖刀重達五十斤，曾與關羽大戰多回合卻不分上下。他令人印象最深刻的爲率軍攻打劉備時，因爲看輕呂布的射箭能力，而同意以射戟來決定戰事。後來袁術垮臺，他保護袁術奔逃時，被張飛殺死。

韓胤（ㄧㄣˋ）

袁術的幕僚之一，贊成袁呂聯姻。他受命向呂布提親，並隨著迎親隊伍來迎娶呂布的女兒，不料「半路殺出程咬金」，冒出個陳珪破壞了聯姻計畫，致使韓胤被呂布逮捕，後來被送到許都交給曹操，慘遭處死。

陳珪

東漢末年官員，爲徐州有名望的人，支持徐州太守陶謙和劉備。當袁術攻呂布時，他爲了獲得呂布信任，說服袁將倒戈，救了呂布，從此深獲賞識。後來，呂布攻打曹操，令陳珪守護徐州，陳珪卻主動獻城給曹操。

郭嘉

才智雙全深受曹操重用，當年荀彧和郭昱主張殺死前來求救的劉備時，他卻獨排眾議，塑立曹操也好仁義的形象，可見其IQ和EQ都高人一等。官渡一役，曹軍在郭嘉的策略下以少勝多，奠定梟雄曹操統一北方的基礎。

張繡

自叔父張濟死後，他接掌兵權，占領宛城。當曹操攻進城時，張繡聽謀士建議投降，後來又與曹操發生激烈衝突，奪回宛城。他氣不過曹操欺凌守寡的叔母，決定與實力派劉表聯合起來，攻打曹操。

于禁

帶兵十分嚴格，當年曹營武將夏侯惇的部屬違法亂紀，他看不慣而率兵鎮壓，獲曹操獎賞。于禁曾參與官渡之役和赤壁之役，作戰經驗豐富。曹丕掌權後，派于禁去看管曹操墳墓，導致他憂憤而死。

王垕（ㄏㄡˋ）

曹營的糧倉官，因軍中缺糧，向曹操急報，卻慘遭設計。老實的他一步步照著曹操的完美劇本演出，等大家抱怨吃不飽時，曹操擔心引起兵變，殺了王垕以平眾怒。

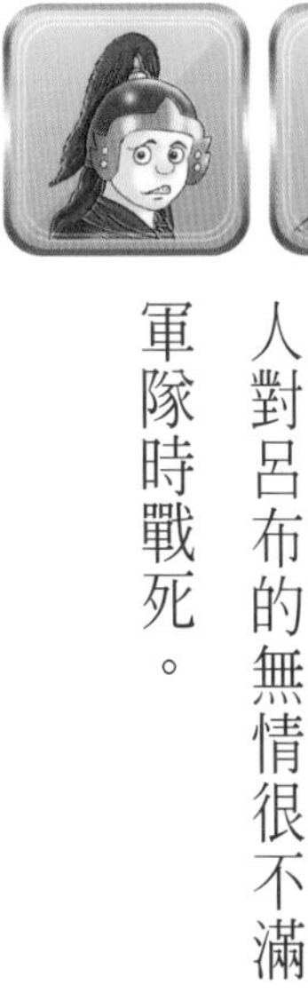

宋憲和魏續

因爲同營的侯成偷喝酒，違反軍紀惹得呂布大怒，被打個半死。二人對呂布的無情很不滿，決定與侯成倒戈。往後，二人在對抗袁術軍隊時戰死。

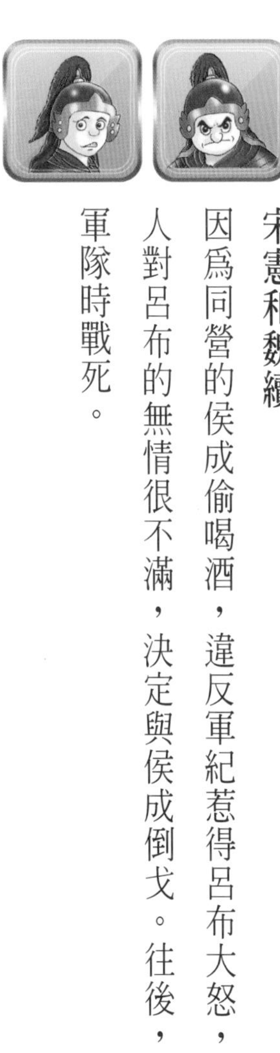

高順

多年來跟隨呂布打天下，忠心耿耿。高順的戰鬥力很強，與他正面迎戰的勁敵都居下風，所以贏得「陷陣營」封號。後來，魏續等人窩裡反，他隨同呂布、陳宮等人被抓，相對於呂布臨死前苦苦求饒，他卻面不改色，是一名硬漢。

目

小二，店裡好喝好吃的全部給大爺端上來！

三國笑史

1 復仇記者會

陳宮先生，你說服呂布偷襲兗州為徐州解圍，得罪了曹操，你不怕嗎？
怕什麼？我打定主意要跟曹操作對到底，至死方休。

愈想我就愈生氣！
曹操是個忘恩負義的傢伙，讓我覺得噁心！

你這麼義憤填膺，
是因為曹操殺呂伯奢一家和血洗徐州嗎？
不是！

因為他嫌我胖，狠心拒絕我！
哇咧！
絕倒

粉墨登場　超級名將張遼

張遼的祖先叫聶壹，因惹了些麻煩只好改姓。他因武藝高強，受并州刺史丁原賞識；大將軍何進曾派他招募士兵，後來何進被宦官殺死，張遼帶領的士兵全歸董卓，等董卓一死，又歸呂布，在軍營擔任騎兵隊長。曹操打敗呂布後，他率兵投降，高陞至中郎將，屬貼身保護皇帝的紅牌武官。

語文學堂

- 兗州：東漢末年，為曹操爭天下的根據地，在今山東省境內。兗：音ㄧㄢˇ。
- 至死方休：直到死亡之前都不停止、放棄。方：才，作副詞。
- 義憤填膺：胸中充滿義憤。義憤：對非正義事情的憤怒。膺：音ㄧㄥ，胸。
- 絕倒：形容大笑，前仰後翻的樣子。

我的老闆從丁原到董卓到呂布到曹操，搞得都昏頭了！

三國故事開麥拉

曹操屠殺徐州時，聽說呂布藉機攻打兗州，大吃一驚，火速率兵返回根據地救難。呂布獲知曹操灰頭土臉的撤軍，派副將守住兗州，堵死曹操。

後來，曹操率領精兵攻進濮陽，呂布也是狠角色，他派出張遼等八大猛將，雙方激戰三十回合，分不出勝負。呂布火大的衝殺了過去，把敵方將領打得滿頭包。「一定把你打成狗熊！」

陳宮建議呂布派將士守住西方的小營寨，以防曹操耍奧步。呂布敷衍的派了高順、魏續、侯成前往支援。當夜，曹兵偷襲小營寨，到了四更，高順等趕到，天亮時呂布也來了，三方人馬混戰起來！

曹操前後受敵，急忙逃走，途中又遇到敵軍包抄，箭如雨下，「天啊！哪個英雄來救我？」這個血染徐州的殺人魔頭嚇得屁滾尿流，再也笑不出來！

穿越時空

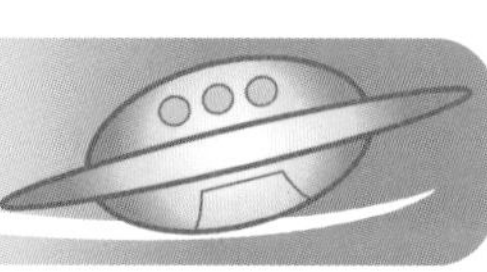

三更半夜是幾點？

三更半夜，臺語叫三更半暝，到底這個時段是幾點？古時候人們把一夜分成五更，從傍晚七點到清晨五點，每更爲二小時。以這樣來推算，三更是夜晚十一點至清晨一點。我們戲稱晚睡的人叫夜貓子，臺語叫暗光鳥，普通話叫貓頭鷹。

古代沒有時鐘，所以有了夜間巡邏報時的職業，叫「打更」，更夫每天從傍晚七點開始，拿著用竹或木製成的空心梆子和鑼，四處報時。隨著時段的不同，每次打梆的響數也不同，快天亮時，梆聲聽起來較密集響亮，叫大家快起床工作。

中國自春秋時期開始就有了打更報時的制度，一旦發生火災、竊盜，也可以叫醒大家逃命或抓小偷，在當時發揮了維護治安的功能。此外，據說也有驅鬼鎮妖的作用。

三國笑史

2 箭豬韋哥救操記

滾開！
殺！
殺！
殺！
殺！
呂布勇猛如虎，殺得回兗州和濮陽的曹操軍隊節節敗退。

糟了！中了陳宮之計。
誰來救我啊！
曹操被呂布軍隊包圍，火光四起，陣陣箭雨，陷入危險絕境。

主公別怕，我來了！
典韋

這樣你還死不了？看來肥油厚還是有好處的。
箭豬
我覺得快掛趴了。
韋哥你真是不要命，太敬業了。

粉墨登場　六塊肌戰神典韋

從軍以前因替朋友報仇，扮成商人，駕著裝滿美酒和肥雞的車子，來到仇家的住處假裝做生意，再趁機拿出藏在車上的刀和戟，刺死對方，從此闖出名號。過了幾年，他投效張邈，因張邈討伐董卓失敗，失去靠山的他被曹營大將夏侯惇看中，成為部下。呂布打曹操時，典韋拚死救出重圍，才成為曹操的近身侍衛。

看清楚唷！我才是被粉絲票選的戰神，呂布閃邊去！

語文學堂

- 濮陽：被呂布占領，在今河南省境內。
- 節節敗退：因戰敗而一步步的向後撤退。節節：逐步。
- 箭雨：比喻箭從四面八方射來，如雨絲紛紛。
- 主公：臣下稱君主。也說主上。

三國故事開麥拉

當曹操從徐州一路奔回，經過濮陽時，他賭呂布的兵力集中在兗州，自個兒的地盤一定軍力薄弱，所以率領少數精兵朝城西殺了過去。

呂布獲知城西的軍營被曹賊偷襲，怒不可遏，也率領軍隊追殺敵方的突擊部隊，兩方人馬打得震天價響，死傷慘重。曹操的精英特攻隊拚不過呂布的大軍，幾番廝殺下來，已經快撐不下去了……。這時候，曹營有個武官叫典韋，持著長戟猶如戰神下凡般，不要命的殺兵砍將，順利將曹操救出層層包圍。

「死曹賊！」呂布衝殺過來，曹操嚇趴！幸好，大將夏侯惇（ㄉㄨㄣ）趕了過來，纏住呂布，到了黃昏下起大雨，雙方只好鳴金收兵。

「跩哥」曹操吃了驚，死裡逃生的奔回軍營，對救他的典韋大大激賞，高陞爲領軍都尉，現代版的說法叫侍衛長，近身保護曹操的安全。

我的六塊肌迷死粉絲！
我的「人魚線」萬夫莫敵！
夠了沒？這是拳擊賽，不是選拔健美先生！
花美男猛將ＰＫ六塊肌戰神

穿越時空

什麼?馬桶以前叫「馬子」!

臺灣早期對女朋友的稱呼，洋派一點的叫「馬子」，帶點炫耀心態，表示我的女朋友很漂亮，也就是「美眉」、「正妹」、「辣妹」!

爆笑的是，唐朝卻管用來拉屎尿的盆子叫「馬子」、「獸子」，後來粗俗點的說法叫「尿盆」、「馬桶」。這些有點文味又有點俗味的稱呼，到底是怎麼產生的呢?這其中的來龍去脈和漢高祖劉邦——劉備的先祖有關係唷!

早年混市集的劉邦，混到了帝位，卻改不了粗俗的惡習，據說他因怕掉進毛坑，想拉屎解尿時，竟然拉在大臣的官帽裡。後來，漢朝宮廷出現用玉巧製成虎形的便器、便壺，雅稱「虎子」;到了唐太宗李淵，因爲先祖有人叫「李虎」，爲了避諱才改變稱呼。虎子、馬子、獸子、尿盆、馬桶，看你愛叫哪一種!

這玩意叫「虎子」才猛!

老土，叫「馬子」才夠潮!

三國笑史

3 曹操的愛美傳奇

呂布率兵捉捕戰敗逃脫的曹操。
快捉住曹操，別讓他跑了！

喂！你有沒有看見曹操？
叩！

前面騎黃馬的就是曹操！
來人啊！快跟我一起追！

YA！還好我正在敷面膜保養皮膚，才沒被認出來。
殺！
殺！

粉墨登場　愛化妝的梟雄

梟雄曹操擁有白皙的臉蛋，據說他愛漂亮愛化妝，喜歡穿生絲織成的薄綢子；隨身拎個皮革「化妝包」，裝的盡是梳子、手巾。史上曾經流傳曹操愛用熏香，把自己熏得香噴噴，有一次因爲噴得太濃嗆，惹得馬兒受不了，亂奔亂竄，害得曹操從馬背上摔下來，算是三國時期的皇家八卦新聞。

語文學堂

- 捉捕：捉、擒拿。
- 敷：塗上。
- 死裡逃生：曹操因爲沒有被認出來，所以躲過追殺，可用「死裡逃生」來形容。

三國故事開麥拉

正當曹操計畫反攻復仇之際，濮陽城的首富田氏表示打算趁殘暴不仁的呂布不在，開城門迎接曹軍，用「義」字旗當暗號。「這一定是陳宮的陰謀，千萬別上當！」曹營裡有人反對。

曹操深信不疑，把人馬分成三隊，他帶領一隊攻進城，留下二隊在外接應。曹操一馬當先，衝進城裡，卻沒看見田氏等人。「可惡！竟敢耍我！」這時候，傳來巨烈炮響，四個城門都燃起熊熊火焰。

曹操往北逃走，在火光中遇見呂布。幸好呂布沒有發現，反而用戟敲他的頭盔，問：「曹操在哪裡？」「前面騎黃馬的就是！」呂布信以爲眞，追了過去。

他急奔向東門，卻被著了火的大樑壓傷手，鬍子也被燒焦了。他在典韋和夏侯淵的保護下逃回軍營。這次的突擊，曹操是「擊城不著燒了鬍鬚」，嘔氣極了！

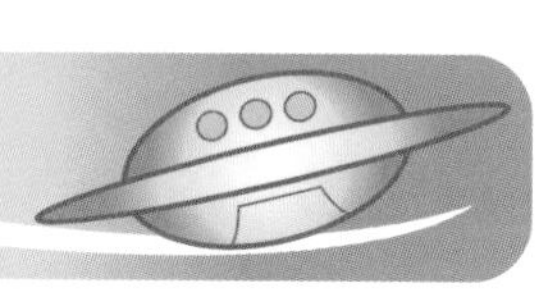

給你好面子，古代化妝品也很夯！

古人自戰國時期開始就懂得使用化妝品，時下很夯的面膜、唇膏、護手霜，早在古時候就問市了，算是熱銷品之一。

幾千年前人們用米粉、白鉛製成妝粉，敷在臉上使皮膚光亮有彈性，摸起來QQQ！所謂「鉛華」是指婦女化妝用的鉛粉，「洗淨鉛華」則指仕女不再使用鉛粉化妝，比喻生活由絢爛歸於平淡。

化妝的方式不同，給人的感覺也有差別。走端莊優雅路線的婦人，常將鉛粉、胭脂調和成淺紅色的妝粉，這樣上妝時臉部的妝彩較均勻，看起來很文雅；講求花俏時髦的，則先用白色鉛粉打底，再用胭脂搽兩頰，年輕正妹都愛這種。

至於面膜、唇膏、護手霜都採珍珠、杏仁、丁香花、人參等等中藥研磨而成，或加入白鵝、白羊的脂肪。天然製成的保養品不傷肌膚，保證用了不會致癌！

【流動攤販百貨週年慶】

三國笑史

4 小布的國際巨星夢

曹操整頓兵馬後，趁呂布不在兗州城時，派猛將許褚殺了呂布部下奪回兗州。
許褚

兗州丟了，我們趕快逃走吧！
天下那麼大，我們要逃到哪裡去呢？

我知道有個地方適合，不過你還得改名換姓。
那有什麼問題？改名跟我認乾爹一樣容易。

你以後大紅大紫，可別忘記我這個經紀人。
記者會
布來的彼特
進軍☆好萊塢
紅你的頭！我不會講英語啦！

粉墨登場　虎痴武將許褚

高約一九〇公分，年輕時因爲缺米糧，被迫用牛與賊匪交換食物，牛卻溜了回來，他單手拖著牛尾巴走了百餘步，賊匪見狀，嚇得半死。後來，他效命曹操，藍波級猛將典韋死後，改由他擔任貼身侍衛。

語文學堂

- 整頓：整治，使有條理。
- 褚：音ㄔㄨˇ，人名用字。
- 大紅大紫：形容名聲遠播，具知名度。
- 進軍：本指軍隊向目的地前進，後多比喻向某個目標前進。

三國故事開麥拉

曹操的手被火燒傷，漂亮鬍子也慘遭殃，他哪能吞下這口怨氣，一回軍營，便交代手下散播他因傷勢嚴重，已經死亡的假消息，誘使呂布自投羅網！

臭屁自大的呂布被勝利沖昏了頭，率領人馬奔殺曹營，想不到在馬陵山中了埋伏，呂布拚死逃回濮陽，死守城中，不再出戰。

一百多天後，因蝗蟲吃光了禾苗，曹軍只好退回山東鄄（ㄐㄩㄢˋ）城，呂布則退回山東山陽，雙方勒緊褲帶，休兵等候時機。過了一段時間，曹操在謀士荀彧（ㄩˋ）建議下，攻打盤據在河南淮陽一帶的黃巾賊餘黨，好取得黃金和糧食，曹操率兵突擊打了勝仗，敵將許褚投降，成爲得力部屬。

曹操凱旋回鄄城，乘勝攻打濮陽，呂布不聽陳宮建議，輕率應戰，結果一路連敗，陳宮保護呂布妻小逃出來，並安排呂布投靠徐州劉備。灰頭土臉的呂布走投無路，只好一臉囧（ㄐㄩㄥˇ）樣的答應了。

穿越時空

野蠻的蝗蟲兵團

蝗災、水患、乾旱是中國歷代三大天災，其中蝗蟲肆虐，吃光了禾苗，造成糧食欠收，人民餓肚子下，只好把妻子、幼兒拿去市集販售，俗稱「菜人」。人吃人的恐怖交易，連官府也無力制止。

中國自西周初年起就飽嘗蝗災霸凌，《詩經》裡曾記載用火滅蝗蟲的方法；到了漢朝，朝廷還公開懸賞抓蝗蟲的百姓；連前秦苻堅這種帝王級的A咖，也被蝗蟲兵團搞得心煩氣躁，派軍隊協助百姓捕抓蝗蟲。由此可見任你是皇帝、將軍、勇士，在蝗蟲兵團「鴨霸」的氣勢下，軍力再猛、武藝再強，也沒啥用了！

因爲蝗蟲兵團殺傷力太大了，中國成了全世界制定治蝗法規的先驅者，歷代都把「滅蝗」列爲重要政策，市面上還出現了治蝗大全的實用型書籍。

三國笑史

5 小沛玩具城

小宮經紀人，咱們被曹操追殺得無處容身，
該怎麼辦啦？
只有去投靠徐州的劉備了。

小布，你大名紅遍好萊塢，
這徐州牧還是讓你來當吧！
我是來蹭飯吃的，怎能強賓壓主？

那就請你委屈暫駐軍在小沛城，
我們互相有個照應。
這樣我就恭敬不如從命了。

小沛
玩具城
那個大耳仔好像不是很有誠意要收留我們。

粉墨登場　紅牌猛將顏良

關東盟主袁紹手下的猛將，多次爲袁紹出生入死。當年袁紹與劉備對打時，劉備派出公孫瓚，顏良以先鋒軍之姿力戰；白馬之役，袁紹與曹操打得如火如荼，顏良獨擋曹軍的大將宋憲、魏續、徐晃，曹家軍的人都很怕他。後來，曹操派出關羽對打，被關羽一刀擊斃。

等一下採訪不可以提到關羽，不然我馬上翻臉走人！

語文學堂

- 容身：安身，在某地居住和生活。
- 牧：古代官職名，掌管一州的軍政。
- 蹭飯：混頓飯吃。蹭：音ㄘㄥˋ，就著某種機會白白獲得好處。
- 小沛：指徐州沛縣，位今江蘇省。

三國故事開麥拉

曹操與呂布開打的戰況傳得沸沸揚揚，以冀州爲地盤的袁紹聽從謀士審配的建議，派猛將顏良率領五萬大軍，援助曹操，以防呂布那小子攻下兗州後，進軍冀州，自己反倒不利。

暗探軍情的人回報呂布，他聽了大驚，連忙找陳宮討論如何應付。陳宮判斷去投靠徐州的劉備，是萬全之計。

呂布等人風塵僕僕來到徐州，劉備熱誠的招待，並準備把徐州太守的官印交給呂布，由他擔任太守。眼白很多的呂布也不推辭就想收下，被關羽、張飛死瞪一眼，才尷尬的說：「我不過是個勇夫，沒啥才學，哪敢當什麼太守，呵呵呵……」。

陳宮見氣氛很僵，急著緩頰，要張飛等人別疑心。

第二天，呂布招待劉備等人吃飯，酒後飯飽，劉備提出以前自己屯兵沛縣，願意讓出來給呂布。暫時沒有容身之處的呂布也同意了，便率軍前往。

穿越時空

顏良鬼魂愛作怪！

清朝文學大師紀曉嵐在志怪小說《閱微草堂筆記》裡，曾記載三國猛將顏良的鬼魂作祟的故事，雖然不足採信，但是劇情張力猛，拍成本土戲一定很有噱頭！

據說顏良被關羽殺死後，很不甘心，只要是祭祀他的廟宇附近，就不能供奉關聖帝君。有一年，某縣令不信邪，偏偏安排在顏良廟的廟會慶典上，演出三國關羽的戲碼。

說起來還眞巧，當天才一開演，就颳起詭異大風，舞臺上的演員都不幸罹難。現場的民眾嚇得臉色慘白，害怕會惹來鬼魂報復，成天提心吊膽。

一段時間後，廟宇附近的鄉鎮發生瘟疫，造成當地百姓和家畜都染病死了。

三國笑史

6 京城的兩頭惡犬

李傕和郭汜是繼董卓之後，控制皇帝的兩頭惡犬，讓獻帝終日惶惶，陷於虐心之痛！
劉協

李傕
郭汜
這兩頭狗表面合作，暗地裡勾心鬥角，互相看著對方碗裡的肉眼紅，不時發生衝突。

漢獻帝暗中寫密詔給太尉楊彪，要他用計除掉李、郭。
只能依靠愛卿了！
楊彪
微臣定不負君命！

居然沒衛生紙了！
幸好還有這張密詔能擦屁股。
茅廁

粉墨登場　惡犬李傕（ㄐㄩㄝˊ）和郭汜（ㄙˋ）

都是董卓的手下，善長用兵，董卓被殺後，向王允請求赦免，但王允遲遲沒有回應。謀士賈詡（ㄒㄩˇ）建議他們和擁有兵力的將領攻進長安，二人在利益考量下與張濟、樊稠等人卯起來拚了，殺了王允，趕走呂布。事後，李傕、郭汜被封大將軍，進而挾持漢獻帝，掌控漢王朝一段時間。

語文學堂

- 終日惶惶：整天驚恐不安。
- 虐心：時下流行用語，指編劇者刻意安排感人情節，使觀眾、讀者為角色悲痛，即使心情大受影響，也捨不得放棄觀看或閱讀的心理。
- 勾心鬥角：本指宮殿的結構精巧，後比喻各用心機，互相排擠。

三國故事開麥拉

董卓死後，西涼軍團出身的大將李傕、郭汜因投降朝廷，撈了大官過足癮。郭汜高陞爲後將軍，李傕爲車騎將軍，在朝廷跩得很！

太尉楊彪和大司農朱儁（ㄐㄩㄣˋ）暗地向皇帝獻上「惡狗咬惡狗」企畫書，讓李傕、郭汜自相殘殺，再下詔請曹操率兵馬清除賊黨，獻帝恨死那二人，同意即刻進行。

楊彪使出「夫人牌」，吩咐楊妻加入貴婦團，與郭夫人搞好關係，再散播小道消息，表示郭汜藉機去李傕家，與李妻愛的火熱！郭妻信以爲眞，決定要斬桃花！有一天，李傕因郭汜不能來喝酒，便命手下把酒菜送過去，郭妻趁機在酒菜下毒，還命僕人抓來一隻狗，讓狗吃了酒菜，結果小狗中毒死了！

因爲這件事，郭汜心疑李傕想害他。有一天李傕請客，郭汜勉強赴宴，返家後肚子痛，郭妻急用解毒偏方糞汁灌入口中，一會兒郭汜拉了一地，肚子不疼了。接連二次意外後，郭汜向李傕攤牌，兩人翻臉槓上了。

穿越時空

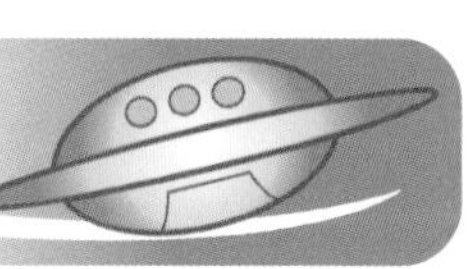

糞清解毒笑話一籮筐

愛好美食的人對吃河豚是既愛又怕，愛牠的美味卻又怕中毒。古人也愛吃河豚，對解毒頗有研究，漢朝名醫張仲景在醫藥寶典《金匱要略》記載，用蘆葦根熬煮成汁，服下即可解河豚毒。

唐朝醫學博士孫思邈更語出驚人，表示服糞清，也叫糞汁、糞水能有效解毒。這偏方一公開，就出現老饕揪團到毛廁旁吃河豚，一旦中了毒隨時可取用糞清。

據說明朝奸臣嚴嵩八十多歲時討了嫩妾，屬下安排河豚宴，慶賀宰相寶刀未老。席間賓客們爭先恐後的搶河豚吃，一眨眼工夫盤子就見底了。這時候有個年輕人突然「砰」聲倒地，口吐白沫，大家猜測是中了河豚毒，人人搶著喝糞清。一會兒年輕人醒來了，大家才知道年輕人因爲尿急去毛廁，回來時見河豚被吃光，怒火攻心下，癲癇（ㄒㄧㄢˊ）發作，昏了過去。

嚴嵩等人莫名奇妙個個喝了一大碗糞清，鬧了笑話，說多嘔氣就有多嘔氣！

三國笑史

7 落跑皇帝有夠衰

楊彪用計讓李傕和郭汜反目火併，長安陷入大亂。
鏘！

董承
國舅董承與一班朝臣，趁亂保護獻帝逃出長安直奔洛陽。

漢獻帝和眾臣擔心李、郭二人派兵追殺，一路倉皇逃命，
眾人歷盡千辛萬苦，終於逃回已成廢墟，長滿荒草的洛陽城。

獻帝看見眼前的蒼涼景象，有感而發說……
太好了！
快找建商來開發這片土地，肯定能賺大錢。
這皇帝沒啥作為，倒是挺有生意頭腦的。

粉墨登場　四代高官清白的楊彪

出身大官人家，飽讀詩書，曾與大學者蔡邕、盧植等人合著。他生了一個天才兒子叫楊修，卻因太聰明反被曹操嫉妒，慘遭殺身之禍。楊彪是「銜環」故事主角楊寶的玄孫，傳說先祖楊寶因救了西王母使者變成的黃雀，仙童送了四枚白玉環表示謝意，並預言楊寶四代都會做到大官，世代品德清白受人尊崇。

我的前前前阿公楊寶和兒子楊修都是偶像級人物，一家族超火紅！

語文學堂

- 反目：不和睦。
- 火併：同夥的人因不合而自相殘殺、呑併。
- 倉皇：匆忙慌張的樣子。
- 開發：開拓荒地、礦山等，以達到經濟效益。

三國故事開麥拉

郭汜和李傕都想搶奪獻帝這張王牌，李傕捷足先登的攻進皇宮，綁架皇帝和后妃等，並搜括金銀珠寶。「卑鄙小人！唾棄你！」郭汜恨得牙癢癢，放話挑戰李傕，誰打贏就能得到獻帝。

後來，李傕強行帶走獻帝、后妃、大臣，囚禁在營寨，僅給他們一些臭酸的牛骨頭。三個月後，獻帝終於離開火藥味十足的長安城，一路上經過重重波折才落腳山西省大陽，暫時在武將李樂的營寨安頓。這裡沒屋頂沒大門，連毛坑都很克難。獻帝與大臣在露天開會，望著「一級赤貧宮殿」，不禁悲從中來。

經過半年，獻帝返回洛陽，卻是斷垣殘壁，擁兵自重的各州太守見死不救，大臣和宮女們得去採野菜、野果當作生菜沙拉止飢，獻帝實在囧到極點！

朕以爲會搬到比佛利山莊，怎麼像墓仔埔？

初戀愛情酸甘甜，皇帝我愛你！

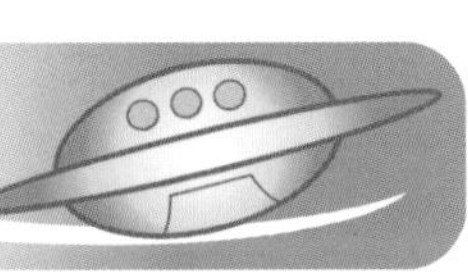

穿越時空

漢獻帝逃難記，慘！

西元一九五年漢朝上演了一齣「皇帝逃難記」，眞人實境秀的情節比本土劇題材還犀利、比偶像劇還虐心！

那個歹命的漢獻帝前往河南途中，被郭汜、李傕二頭惡犬聯手突擊，皇帝和后妃在楊奉、董承的護衛下，一行人宛如難民般的逃命，重要的御用品、調動兵馬用的符節等等也都在荒亂中搞丟了！

屋漏偏逢連夜雨，半夜亂賊偷襲，獻帝等人搶著乘船那一幕最驚心動魄，官兵們打不過，個個想爬上船，卻因人數太多恐會翻船，被楊奉、董承一一砍斷手指，滿江斷指和屍體，鮮血染成一片，畫面屬保護級，兒童不宜觀賞。

逃難到山西省的漢獻帝單挑大樑，接演「逃難續集」，率領著像乞丐的文武百官、活似大媽的后妃、一頭亂髮的宮女，過著吃樹根、樹皮的難民生活。

導演，這場逃難記拍了好幾個月，天天吃素，殺青後可以到碳烤店慶功嗎？
協哥，劇情還不夠虐心，俺打算再開拍第三集「衰王漢獻帝」！

三國笑史

8 見證曹操的時代

聽說皇帝已逃回洛陽城，無人保駕，
這下子我躍登龍門的機會來了！

曹操在謀士荀彧建議下，親率大軍急奔洛陽護駕，迎接獻帝到許昌定都，
皇帝就此落入曹操的掌控中。
許
昌

皇上，只要你肯乖乖聽話，我包你平安無事。
曹操由地方軍閥搖身一變，成為「挾天子以令諸侯」的霸主！

這新玩具挺好玩的，
操控皇帝比自己當皇帝有趣多了。
轉來轉去
梟雄曹操的時代來了！

粉墨登場　首席謀士荀彧（ㄩˋ）

為曹營裡穩坐A咖寶座的超紅謀士，史料上記載他是美男子，也是一流的政治家。早年他效命袁紹，但深覺袁紹不是成大事業的人，便改投奔曹操。向來惜才的曹操大喜，讚美荀彧說：「是我的張良。」由此可見深獲看重。當曹操迎接獻帝到許都後，他成立了智囊團，與一群參謀輔佐曹操。

語文學堂

- 保駕：保衛帝王。
- 躍登龍門：此比喻得到德高望重者的提拔而身價大漲。
- 挾天子以令諸侯：挾制天子，用其名義號令其他諸侯、百官。比喻假借他人或其他事物為名義，強迫令人服從。

三國故事開麥拉

曹操一聽漢獻帝返回洛陽，立即召集謀士討論，荀彧建議要保握時機，搶先去護駕，往後可藉皇帝的名義號令全國諸侯。

曹操點頭讚許，正準備發兵保駕，恰巧獻帝傳來詔書，命他前往保衛。「哇哈哈！眞是老天爺成全我耶！」曹操神現活現的帶兵奔往洛陽。

因洛陽已燒成廢墟，漢獻帝便隨著曹軍前往山東，不料遇到李傕、郭汜率兵馬來搶人。曹軍的夏侯惇、曹洪壓根兒沒有把這些叛賊放在眼裡，二人力戰，共擊敗了一萬多名賊兵。

漢獻帝驚嚇之餘，只好折回洛陽，第二天，曹操率領大隊人馬來到，叩拜了漢獻帝。曹操因爲護駕有功，高升司隸校尉兼丞相，他在荀彧獻策下遷至許都，展開了挾天子以令諸侯的權力生涯。

【曹操時代記者會】

人民啊，支持我吧！我一定讓你們看到奇蹟。
那個白臉的是要參選嗎？
怎麼搞得好像政見發表會。

穿越時空

古代人也瘋星！

時下盛行星座算命、看星盤，其實早在堯、舜時期就已經有星象的觀念，中國最早出現哈雷彗星的記載是在春秋時期的《左傳》，那顆俗稱「掃帚星」的超紅星星，三千多年前人們就看過了！

歷代皇帝相信星象變化與政局發展有密切關係，所以天文官屬世襲制，而且所有的星象解讀都視爲皇家一級機密，不能公開。像現在稍有內幕消息的人常爆料給媒體，若時空移到千年前，一定滿門抄斬。

天文學家把金星、木星、水星、火星、土星連成一直線，叫「五星聯珠」，也叫「五星聚舍」，表示「明君出現」，將會改朝換代，是超級吉祥的星象。據說漢高祖劉邦登基的第二年，出現這種星象，但他命令天文官硬改成登基那年，強調自己逐鹿中原是天命注定。

三國笑史

9 二虎競食之計

粉墨登場　如狼似虎的曹操

曹操自從保駕漢獻帝後，如狼似虎的野心再也遮不住。當年那個熱血殺奸賊的小官，從血染徐州的殺人魔成爲挾天子以令諸侯的霸主，連背景雄厚的袁紹都已經不是他的對手。曹操很賊，但惜才如命的優點，使他獲得不少賢才輔助，這個披著狼皮、虎皮的梟雄，在三國歷史上扮演著A咖狠角色。

語文學堂

- 重臣：在朝廷中擔負重任的大臣。
- 千秋大業：永不磨滅的大事業。
- 漁人之利：利用別人的矛盾之爭，從中獲得利益。
- 隔山觀虎鬥：袖手旁觀在旁看熱鬧。荀彧「二虎競食之計」也有這層意思。

三國故事開麥拉

漢室遷往許都後，曹操積極的部署自己的人馬，並下令重要政務都要先稟報他，再奏知漢獻帝。

曹操一心想除去劉備、呂布二個眼中釘，「虎痴」許褚打算率軍砍了那二個俗仔，提著他們的腦袋回營寨。

謀士荀彧提出「二虎競食之計」，曹操「倚高山看馬相踢」就成了！曹操先奏請獻帝下詔書，封劉備為征東將軍、宜城亭侯、徐州太守。傳達聖旨的使者告訴劉備，他能高陞都是曹將軍的功勞，並拿出密書，要他殺了呂布。

第二天呂布來慶賀，劉備拿出密書，表示曹操耍奧步，並拍胸脯保證自己絕不會幹下這種不仁不義的事。「二虎競食之計」因劉備謹慎，以致完全破功！

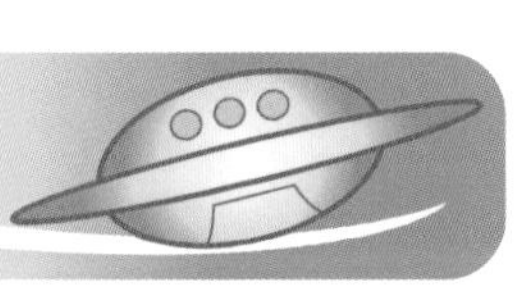

穿越時空

皇帝命令，使命必達！

我們在歷史劇上常看到使者宣布皇帝的詔書時，大聲念著：「奉天承運皇帝」，這四個字爲皇帝詔書的開頭語，意思指皇帝奉天命統理國家。

詔書，簡單的說是皇帝頒布的書面命令，那時候的帝王用不著「趴趴走」增加曝光率，拉選票，通常出來都是遊山玩水、泡妞，找樂子玩。所以有重要的政策或皇家新聞便寫詔書，由使者宣布。

皇帝日理萬機，很多大事都要宣告天下知道，否則還以爲皇帝隱居煉丹，不上早朝呢！詔書的開頭多是：「某年某月某日，某某皇帝」，註名日期和哪位皇帝的命令很重要，會列入皇家歷代檔案。詔書因朝代不同，也叫誥（ㄍㄠˋ）命、敕（ㄔˋ）命、諭令、聖旨、金榜、皇榜、檄（ㄒㄧˊ）文等等。

○年○月○日東漢靈帝FUN天ㄔㄥˊㄩㄣˋ皇帝詔曰光棍節當天，皇帝投資的網站開幕，每户限至少網購白銀一兩，可抵明年稅收。欽此
劉宏皇帝的漢學底子有夠Low！
啊？「網購」是啥米碗糕？
聖旨

三國笑史

10 驅虎吞狼之計

二虎競食之計失敗了，怎麼辦？
別煩惱！還有「驅虎吞狼」之計。

啥意思？
先讓獻帝發詔書給劉備，命他去討伐袁術，
再放小道消息給袁術，說劉備上奏朝廷要討伐他，讓兩軍火併。
我們先製造徐州內亂，再從中牟利。

那個大耳仔會中計嗎？
王命不可違，劉備以仁義自居，一定不敢違抗朝廷命令。

就算此計不成，我還有好多計。
用平板電腦查比較快，4G的唷！
孫子兵法

粉墨登場　一流軍事家孫武

春秋齊國的軍事家，世人尊稱「孫子」。孫武所著的《孫子兵法》為古代早期的兵書之一。他在吳國認識了想為父兄報仇的楚國人伍子胥，把他介紹給企圖完成霸業的吳王闔閭（ㄏㄜˊ ㄌㄩˊ），二人協助吳國攻下楚國。「三令五申」這句成語，講的就是孫武為吳王操兵，殺死二名愛姬的故事。

管你是正妹、辣妹、嫩妹，一律得聽我的口令，否則殺無赦！

語文學堂

- 啥：地方方言用語，什麼的意思。
- 小道消息：非正式管道傳播的消息，同「道聽塗說」。

三國故事開麥拉

因劉備識破曹操奸計，不答應攻打呂布，荀彧自以爲完美的「二虎競食之計」徹底失敗！曹操好急，忙問謀士接下來怎麼辦？荀彧又提出超級完美版的「驅虎吞狼之計」。虎指「恬恬食三碗公」的劉備；狼指暫時棲身在沛縣的呂布。

怎麼進行呢？荀彧的陰謀是由曹操假傳聖旨，命令劉備率領人馬攻打袁術；一旦劉備出城，呂布見城裡人馬空虛，將會趁機奪取徐州，藉著有勇無謀的呂布趕走劉備；再派使者密告袁術，說那個剛陞官的劉備跩了起來，準備K殺他。這樣一來，袁術鐵定暴跳如雷，回擊劉備。

聽起來太完美了！曹操依計進行，劉備因君命難違，只好硬著頭皮出兵。這場戰役吃力不討好，劉備挫著等，心裡七上八下！

穿越時空

三十六計，走爲上策

有句俗諺叫「三十六計，走爲上策」，意指事態難以挽回，別無妙計，只有一走了之。「三十六計」指古代三十六種兵法策略，最早出現在南北朝，到了明末清初才有了《三十六計》這本兵書。

「三十六計」中的每一計都有其軍事家的智慧和用兵經驗，包括：瞞天過海、圍魏救趙、借刀殺人、以逸代勞、趁火打劫、聲東擊西、無中生有、暗渡陳倉、隔岸觀火、笑裡藏刀、李代桃僵、順手牽羊、打草驚蛇、借尸還魂、調虎離山、欲擒故縱、拋磚引玉、擒賊擒王、釜底抽薪、混水摸魚、金蟬脫殼、關門捉賊、遠交近攻、假道伐虢（ㄍㄨㄛˊ）、偷梁換柱、指桑罵槐、假痴不癲、上屋抽梯、樹上開花、反客爲主、美人計、空城計、反間計、苦肉計、連環計、走爲上。

「走爲上」這一計雖然有點「俗仔招」，但比硬打強多了！

三國笑史

11 張飛醉打曹豹

粉墨登場　呂布的岳父曹豹

本來是徐州大守陶謙的手下，一個名不經傳的小人物，因把女兒嫁給呂布當二房，倒有了點身分。小說中寫他因懷恨張飛，所以開城門迎接女婿攻下徐州，但正史上則寫是營寨裡的中郎將許耽，見張飛酒後殺了曹豹，局面混亂，乘機開城門迎接呂布。曹豹是不是背了黑鍋，說法不同，但他的確是被張飛殺死。

語文學堂

- 有機可趁：有機會可以利用。也寫成有機可乘。
- 名號：名字和別號，即名字和名、字以外另起的稱號。
- 因小失大：張飛因爲貪杯以致酒後亂性，毒打了呂布的老丈人曹豹，引發了徐州被偷襲，印證了「因小失大」這句成語。

三國故事開麥拉

張飛闖大禍了！當劉備奉旨攻打袁術，留下張飛等人守城時，派手下陳登協助，以免張飛偷喝酒。

莽張飛忍了幾天後，酒蟲再也憋不住了，命手下準備美酒佳肴，宴請留守在城內的官員。他端著酒杯到處敬酒，來到曹豹面前時，豪放的倒了滿杯，硬要對方一口乾了！窘的是，接連二次碰釘子。當張飛知道這個人叫曹豹，是呂布的老丈人，整股怒火燃燒了起來！

張飛本來就超級討厭呂布，便藉著酒性狂毆曹豹，還嗆聲：「我打你就是打呂布！」又命手下狠狠的打了曹豹五十鞭。曹豹懷恨在心，趁著張飛宿醉，偷偷派人請呂布偷襲徐州。

這次張飛眞的闖了大禍，守城守到把城都丟了！

誰教他愛現，以爲女婿很紅，不知道我超討厭那個屁孩！
臭阿飛，沒品味！低水平！

穿越時空

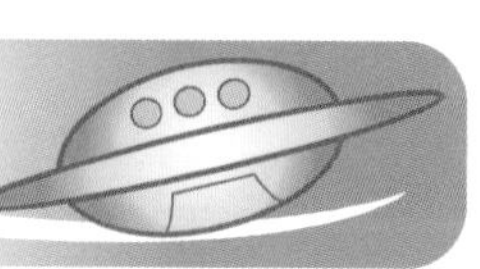

古人到客棧如何點酒菜？

我們在歷史劇裡常看到客棧、飯館裡，店小二熱絡的招呼客人。進門的大爺常說的對白是：「小二，來一桌上好的酒菜！」、「掌櫃的，有什麼上好酒菜快快拿上來！」講這種豪語的一定是口袋很深的客人，不怕花銀兩。

這時候，店小二會扯著嗓門吆喝著菜色，掌櫃一聽，拿著毛筆飛快的記下來！爲什麼不是店小二拿菜單給客人點菜呢？其實東漢以前還沒有紙張，菜單常記在牆壁上，時下有些店家也是如此。還有一個原因，店小二是雜役，少有人識字，所以抄菜單的工作就由讀過書、會記帳的掌櫃一手包辦。

另外，到飯館享受多是大爺，但不見得識字，縱使有菜單也看不懂，反正錢多，有什麼好喝好吃的全部上桌，既簡單又闊氣！你倒說說看，全世界哪幾個大老闆親自點菜，看菜單這碼事交給秘書或飯店經理就成了。

小二，店裡好喝好吃的全部給大爺端上來！
ㄡˇ家掌櫃交代，客倌的信用卡已刷爆，今天得付現金。

三國笑史

12 呂布乞丐趕廟公

曹豹跟呂布告狀。
可惡的張飛，竟敢不把我呂布放眼裡！

我們就藉口張飛打人這件事，趁機占領徐州。
夜裡，呂布率軍攻進徐州城時，張飛還酒醉未醒，根本無力對抗。
大哥的家眷還在城裡，我不能走！
倉促間被手下保護著殺出東門而逃。

張飛逃到盱眙見劉備，哭著請求原諒。
你丟了城，把嫂嫂留在敵人手裡，還有臉來見大哥？
我該死！
張飛拔劍要自刎謝罪。

兄弟如手足，不可斷！
妻子如同衣服，舊的不丟，新的不來嘛！

粉墨登場　劉備的大某細姨

依歷史記載劉備共娶了四個老婆：甘夫人、麋夫人、孫夫人、吳夫人，其中大老婆甘夫人病死後，被追謚爲「昭烈皇后」；麋夫人娘家很有錢，嫁妝驚人，曹操攻荊州時，犧牲自己投井自殺；孫夫人叫孫尚香，武藝高強，兩人屬政治聯姻，被孫權騙回東吳，夫妻緣分結束；吳夫人是寡婦再嫁，後被冊封爲皇后。

嗨，我是甘夫人，苦熬到第三本才有機會露臉，導播，打蘋果光，要特寫唷！

語文學堂

- 倉促：匆忙。
- 盱眙：音ㄒㄩ ㄧˊ，地名，在今江蘇省。
- 自刎謝罪：割脖子自殺，請求對方原諒。刎：音ㄨㄣˇ，割斷頸子。

三國故事開麥拉

呂布見老丈人被毆打，哪能憋下這口嘔氣，即刻與陳宮商量，先率領五百騎兵出發，陳宮率大批人馬緊跟在後。四更時分，也就是凌晨一點到三點，曹豹打開城門，呂布衝殺了進來。

此時的張飛因酒醉還沒清醒，勉強拿著矛跨上馬，一出來就見呂布迎面而來。張飛大聲嗆罵，卻因四肢有些癱軟，無法擒服對方。

張飛見打不贏，心急下率領幾名親信殺出東門，竟把甘夫人等留在城內。他一路奔馳來找劉備，硬著頭皮稟報曹豹和呂布裡應外和，偷襲徐州的經過。

關羽數落了他幾句，張飛羞愧得想拔劍自殺，幸好被劉備攔了下來。劉備的妻小在徐州倒很安全，呂布派了一百人日夜保護，下令誰也不准靠近劉備家人。

丟了徐州城的張飛喬裝成甘夫人，端著麻辣鍋來營寨……
阿那達，我煮了道地的四川麻辣鍋來看你了！
水某耶！你是不是玻尿酸打得太多，整個人「走鐘」了？
劇情寫得太驚嚇，我一時反應不過來！

臺語俗諺「乞丐趕廟公」

臺灣有句俗諺：「乞食趕廟公」，講述鴨霸乞丐和善良廟公的故事。

有一天，流浪街頭要飯的乞丐來到了寺廟，因肚子餓，向負責看管寺廟的廟公施捨些剩飯剩菜。「好可憐，你就儘管住下來吧！」廟公是菩薩心腸，不僅給前來求助的乞丐飯菜，還好心的留他住下來，以免在街頭淋雨受凍。

然而好心沒有好報，乞丐住了一陣子後，見廟裡香火鼎盛，每天都有香客捐香油錢。乞丐覬覦龐大的廟產，便想法子趕走廟公。

「乞丐趕廟公」這件事傳開後，當地人和香客都憤憤不平，譴責乞丐貪心不足，忘恩負義。後來這句俗諺被用來諷刺喧賓奪主的人，或泛指外來的、次要的事物反侵占了原有的、主要的地位。

阿飛，我煮了滷肉飯、大骨湯唷！
你這個廟公好摳，也沒準備沙西米、碳烤牛排！
喂，不要亂改臺詞，寺廟哪有供應肉和海鮮！

三國笑史

13 劉備愛小沛

袁術現在兵多糧廣，以後必定與我們為敵。
劉備仁厚，不如請他屯兵小沛城，讓他當先鋒對付袁術和袁紹。

我們占了他的城池，劉備肯為我們出力嗎？
劉備仁厚，只要對他說之以理，動之以情，他會接受的。

我不是有意奪城，
既然劉兄回來了，我全部歸還，自回小沛城。
不不！小布兄比我更合適當徐州牧，我願意屯兵小沛城為你看家護院。

小沛
玩具城
我還挺喜歡這裡，好玩有趣多了。
哈哈哈！
哈哈哈！
哈哈哈！

粉墨登場　陳宮這個人

陳宮是個謀士，曾經因欣賞曹操而棄官伴隨浪跡天涯，後來「政治劈腿」，跳槽到呂布軍營，展開嶄新生涯規畫。陳宮跟隨的老闆愈換愈遜，在識人的眼光這項拿低分。他認爲呂布雖然有勇無腦，但至少不像曹操那麼凶殘。陳宮在紛亂局勢裡選擇一個可效忠的老闆，努力幹活，稱得上是模範員工。

喂！我很少跳槽，別把我講得好像很愛換老闆！

語文學堂

- 屯兵：駐紮軍隊。
- 先鋒：作戰或行軍時的先頭部隊。常用來比喻領先的人或組織。
- 城池：城牆和護城河，泛指城市。
- 牧：古代官職名，掌管一州的軍政。

三國故事開麥拉

「什麼！呂布奪下徐州，劉備落跑了！」袁術獲知後不禁竊喜，急派屬下傳話，請呂布攻擊劉備，並贈米糧、馬匹、黃金、綢緞當謝禮。

呂布貪財，立刻派大將高順率兵馬火攻。劉備打不過，趁著陰雨天撤軍。

高順見完成使命，向大將紀靈要謝禮。誰知紀靈四兩撥千金，表明要向袁術稟報。高順被刮了臉，氣得向呂布說明一切。「竟敢耍老子！」呂布正發火時，袁術派人送來信，表示要活捉劉備才有謝禮。

但謀士陳宮勸呂布別急，他獻上「聯備宰術」完美計畫，先迎劉備，合攻袁術，再聯襲袁紹，便可坐穩天下。

執導這齣戲碼的陳宮，要呂布演足戲，先送回劉備家眷，再歸還徐州。然而劉備只想窩在小沛，不肯回鍋當大守。

【三國戰報社會版】

呂布按鈴申告袁術詐欺
袁術反告呂布覬覦財物

穿越時空

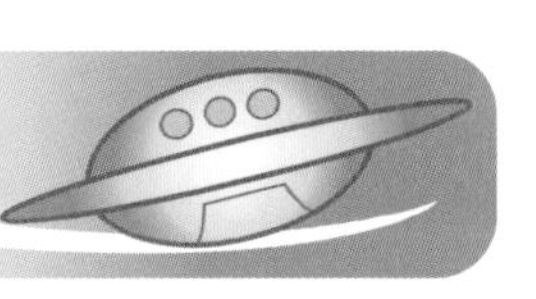

古代玩具大展

時下玩具結合電腦，有酷酷的機器人、飛上天的遙控飛機、整列的電車……，小孩子玩得不亦樂乎，連大人都熱中！我們的老祖宗也愛玩具，那時候「動物造型」的最火紅，泥土燒製出來的「玩具狗」廣受人們喜愛，狗是人類的好朋友，當人們開始製作玩具時，自然成了最佳的「玩具模特兒」。

「燈籠」也是人氣高的玩具之一，本來的用途是照明，以細細的竹條或木條當骨架，外皮用紙或絹糊起來，中間插上蠟燭，元宵節那天，小孩子提著燈籠逛街，紅紅的火光充滿了年節喜氣。

另外，「虎頭魚尾枕」則是寓意了吉祥象徵的玩具。老祖宗敬佩老虎的威猛，羨慕魚兒大量的產卵，所以取這兩種一陸一水的生物造型，設計出虎頭魚尾的陶枕，希望家中男丁像猛虎般強健，女子則多生孩子，家族才能興旺。

達令，你是我生命中美味的骨頭。
老大，告白太老套了，正妹完全沒反應耶！
狗狗求婚大隊
泥狗

三國笑史

14 阿策下重本借兵

孫策自從父親孫堅死後投靠袁術，苦於無自立稱雄的機會。
阿策，你不如聽呂範的建議，把傳國玉璽抵押給袁術，
借點兵馬，作為闖蕩天下的本錢！
周瑜

袁伯，你瞧這東西能不能跟你借點兵馬？
孫策把傳國玉璽給袁術。
行！我就借你三千兵，五百馬。

!

袁術借了這批快退休的老兵給你，以後你光發老年年金就破產了！
我被袁猴子算計了！

粉墨登場　東吳的謀士呂範

江東小霸王孫策手下有個謀士叫呂範，當年孫策還依附在袁術手下時，他常與孫策下棋，後來助孫策脫離袁術控制，厚植自己的兵力。魏、蜀、吳三國鼎立時，他建議孫權把妹妹孫尚香嫁給劉備，大搞政治聯姻。呂範死後，孫權還親自爲他舉行喪禮，追贈大司馬的官印，可見他在孫權心中的地位。

感謝《三國笑史》讓我有出頭天的機會，熬了七十多個單元終於露臉了！

語文學堂

- 自立：本指不依賴人，靠自己的本事生活，後也指自己立自己爲王。
- 稱雄：憑藉武力、勢力獨霸一方。
- 算計：暗中謀劃迫害別人。

三國故事開麥拉

孫策死了父親後，沒有能力招兵買馬，只好投靠袁術。他率領的兵馬屢次立下汗馬功勞，袁術雖然滿意卻不肯給他自立門戶的機會。

「這樣下去，我永遠是他手上的棋子，哪有可能過江稱霸？」孫策找來謀士開會。有個謀士叫呂範，說：「自己的實力自己救！不如拿『傳國玉璽』當抵押品，向袁術換些兵馬，好占領江東，爲將來圖霸事業打下基礎。」

孫策同意，拿了傳國玉璽去交涉。「哈哈，好侄子，就撥給你三千精兵、五百匹戰馬吧！」袁術望著玉璽，貪婪的笑了起來。

「爹，我一定會光耀門楣！」孫策率領著兵馬進軍江東，遇到足智多謀的周瑜，願意協助他完成大業。從此，孫策將在歷史上發光發熱！

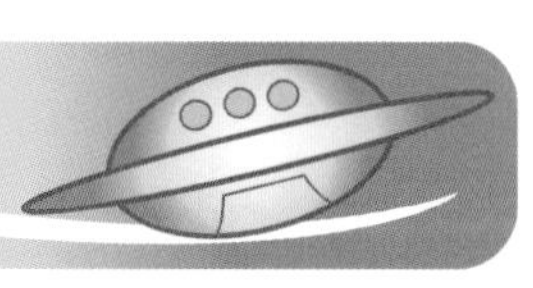

穿越時空

皇帝狂愛印章

歷代很多皇帝都愛蒐集高檔印章，叫「玉璽」，爲什麼皇帝熱中印章呢？因爲一方面可以用來號召天下，這種「天王級」的玉璽代表了權勢，僅有皇帝才能擁有，有錢也買不到。

除了政治性功能外，還供皇帝賞玩、集古。你們有沒有發現，故宮博物院、歷史博物館裡的字畫，上面都蓋了一枚又一枚的紅色印章，只要有皇帝的用印，即屬皇宮蒐藏品，身價不可一世，晉升國寶。

皇帝愛在古字畫上蓋印章，表示自己有品味，能治理國家也有文化美學涵養，管他是不是眞正的懂，拿起印章一蓋，表示朕欣賞過了，就這樣字畫上又多了一個「違章建築」。像清朝乾隆皇帝不僅愛蓋章，還愛題詩，是一位具「蒐寶狂」＋「用印咖」＋「題詩癖」的藝術君王。

此外，皇帝蒐藏古人印章也表示尊敬古聖賢者的寓意。小小的印章具備這麼多功效，皇帝當然狂愛了！

買來貼在大門、大廳，挺時尚的。
老太婆，買十美圖卡旺啦！

15 呂布轅門射戟，好神啊！

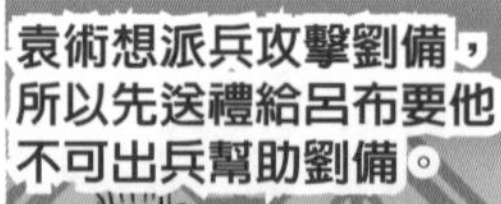

袁術想派兵攻擊劉備，所以先送禮給呂布要他不可出兵幫助劉備。

我雖答應袁術不幫劉備，但他在小沛守城如同我的看門狗，狗若死了，我怎能安枕無憂？

於是，呂布想出一個兩不得罪的妙招。
我若射中插在轅門前的戟上小枝，你們就各自罷兵回去。
若射不中，我任由你們一決高下。
小枝

一切聽從天意，
誰敢違抗天意，我就對誰不客氣。
紀靈
劉備和袁軍大將紀靈只好聽從呂布提議，先賭賭運氣再動干戈。

可惡，我非射中不可！
失敗次數26次
啊！
再射下去，我們沒打仗就全部陣亡了，還是退兵吧！
沒先約定射幾箭，

粉墨登場　袁營的大將紀靈

為袁術手下的武將，力大無比，慣用的三尖刀重達五十斤，曾與關羽大戰多回合卻不分上下。他令人印象最深刻的是率軍攻打劉備時，因看輕呂布的射箭能力，而同意以射戟來決定戰事。後來袁術垮臺，他保護袁術奔逃，途中遇到劉備突襲，迎戰時被張飛殺死。

語文學堂

- 看門狗：比喻替人監視管理的人，有鄙視義。
- 安枕無憂：墊高枕頭安睡，沒有煩憂的事。比喻平安無事，用不著擔心。也說高枕無憂。
- 轅門：古代軍營的門或官署的外門。
- 戟：東漢常見的兵器，長柄的一端裝了槍頭，旁邊附有月牙形的鋒刃。

敗給那個黑臉張飛，是我胸口永遠的痛痛痛！

三國故事開麥拉

袁術派大將紀靈率數萬大軍攻打，劉備估算自己僅有五千人馬，哪打得過，硬著頭皮寫信給呂布，拜託他幫幫忙。呂布收到信感到很爲難，因爲他已經收下袁術的大批糧食，答應不插手。但是也擔心袁術收拾劉備後，會反過來對付自己，所以想出了兩全其美的妙計。

呂布以老人哥級的姿態，邀劉備、紀靈來營寨喝酒，說：「你們賣我個面子，別打來打去了！」但紀靈不肯退兵。

呂布見狀，大喝一聲：「給我拿戟來！」原來呂布想出以射戟來決定戰或和，他將方天畫戟放在一百五十公分遠的營寨外，表示若射中畫戟的小枝，則雙方都退兵；如果沒有射中，他就不插手。

呂布搭上箭，用力拉滿弓，「咻」一聲，一箭射中。紀靈大驚，揣度自己如果反悔，鐵定人頭落地，只好不情願的撤兵了。

【三國戰報政治版】

呂布轅門射戟掉漆
外國記者身受重傷

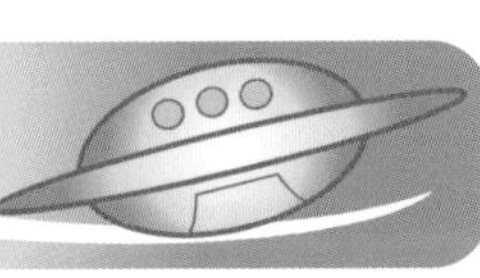

穿越時空

這樣射箭才叫「神」！

戰國時期有個神箭手叫更羸（ㄌㄟˊ），有一天陪魏王去打獵。魏王聽說更羸什麼東西都射得中，有點懷疑，「眞的那麼『神』嗎？」他想試試更羸的實力。

這時候空中有一隻大雁緩緩飛翔，魏王見狀，便下令更羸射下大雁。不料更羸卻表示不用眞的射箭，就有法子把大雁射下來！

「啥麼？不用箭也能射中！」魏王不相信，要更羸來個「實境秀」。只見更羸左手拿弓，右手拉起弦，「砰」一聲巨響，大雁就咻得落在魏王面前。「太神了！」現場響起如雷掌聲，連魏王也忘情的鼓掌。

爲什麼更羸不發一箭就能「射」中大雁呢？原來他觀察大雁飛得緩慢，判斷已受傷未治好；叫聲悲悽是因爲離開同伴，感到無助。當牠聽到拉弦的巨響時，心裡一慌，急著飛高。不料展翅後傷口裂開，便掉了下來。

魏王聽更羸的分析後，對他觀察力強大的能耐相當佩服。

三國笑史

16 袁呂聯姻爆笑篇

呂布先拿了我的好處，居然還玩轅門射戟的兒戲救劉備，真是太可惡了！
主公應該跟呂布結親，這樣他就不會幫著外人。

於是，袁術派人跟呂布提親。
袁術想與我結親家是件好事，我答應了！
小布，你既然答應結親，打鐵趁熱，現在就該把令千金送到壽春與袁術兒子成親。

可是現在有點不方便。
怎麼了？

我女兒的安親班晚上七點才下課，現在不能去接她。
我叫呂濛濛。
哇咧！

粉墨登場　說媒的幕僚韓胤（二）

為袁術的幕僚之一，贊成袁呂聯姻，與呂布的謀士陳宮想法不謀而合。他受命向呂布提親，並隨著迎親隊伍來迎娶呂布的女兒，不料「半路殺出程咬金」，冒出個陳珪破壞了A計畫，致使韓胤被呂布逮捕，後來被送到許都交給曹操，慘遭處死。倒楣的他當媒人卻賠上性命，成了袁呂聯姻下的政治犧牲品。

【三國八卦報】
幕僚韓胤說媒
慘遭政治迫害

我這個媒人當得有夠鬱卒，連命都賠上了！

語文學堂

- 外人：沒有親友關係的人。
- 打鐵趁熱：比喻做事抓緊時機，加速進行。
- 呂濛濛：史上並沒有記載呂布女兒的名字，漫畫裡的「呂濛濛」純屬劇情效果。

三國故事開麥拉

紀靈頹喪的回到營寨，向袁術一五一十的報告。袁術大怒，認定呂布找碴，決定出兵教訓他。但是紀靈勸他別衝動，並獻上「聯姻企畫案」，建議讓袁術的獨生子娶呂布的獨生女，這樣一來，以後叫呂布幹啥就幹啥，不怕他反對。

「這招漂亮！」袁術派幕僚韓胤去說媒。

呂布對嫁女兒這件事也沒想法，問大老婆嚴氏同不同意？嚴氏算盤打得精，她料準袁術一定會稱帝，自個兒的獨生女嫁給太子，就是皇后，哪有不准的道理。呂布見老婆點頭，便答應了這門親事。

韓胤趕緊回報，袁術立刻準備大禮當聘金，風風光光的辦這門親事。呂布和老婆也喜孜孜的張羅嫁妝，華美的車馬、珠寶、上等綢緞……，再派韓胤、魏續等人護送女兒出嫁，一路上鑼鼓喧天，吹吹打打，沿路都洋溢著喜氣。

穿越時空

敲鑼打鼓，帶著大雁娶新娘！

結婚，是人生大事，迎娶，更是其中的重頭戲。當男女雙方完成下聘，訂好婚期，到了大喜日那天，新郎的父親先爲兒子倒杯酒，恭喜他將完成人生大事，並交代兒子帶著男儐相，準備好禮物去迎娶。

女方家裡上上下下也很忙碌，新娘的父親則愼重的請長輩觀禮，迎親隊伍抵達，岳父則親自到大門迎接，新郎則獻上活生生的大雁當禮物。

爲什麼要準備活生生的大雁呢？原來古代結婚的大禮本來是雉，也就是野雞，然而野雞是一種勇猛好鬥的禽類，只要一打起來就非戰到你死我活，否則不甘休，對充滿喜氣祥和的婚禮並不合適。

後來改成大雁，因爲雁屬冬季候鳥，每年寒冬時會遷徙到溫暖的南方，被視爲守信的象徵，如同男女婚後要互相信守承諾，永不忘記一生相愛的誓言。

泰山大人，我抓不到大雁，改買「烤鴨三吃」，待會兒可以當下酒菜！
達令，大蒜和九層塔有沒有多要一些？

三國笑史

17 呂布嫁女兒暴走篇

徐州大老陳珪聽說呂布許婚的消息，急忙跑來見呂布。
陳珪
這親事一結，把令千金嫁到壽春當人質，呂將軍從此只能聽袁術擺布，還會引禍上身。

多虧你提醒，
我差點就上當了。

呂布悔婚，急忙命令張遼帶兵追趕送親的馬車，要截回寶貝女兒。
張遼

濛濛，快跟叔叔回去吧！
我不要回去，
我要去壽春參加校外教學。

粉墨登場　政治劈腿咖陳珪

東漢末年官員，出身徐州望族，支持徐州太守陶謙和劉備。史上記載，他本與袁術有交誼，因次子陳應被袁術挾持，從此撕破臉。當袁術攻呂布時，他為了取得呂布信任，說服袁將倒戈，救了呂布，從此深獲賞識。後來，呂布攻打曹操，令陳珪守護徐州，陳珪卻主動獻城給曹操，爲「劈腿型」的政治人物。

【三國八卦報】

陳珪送秋波　劈腿白臉曹

語文學堂

- 人質：古時候指拘留他方重要的人，用來迫使別人接受條件或履行諾言。
- 擺布：操縱、支配對方依自己的想法去做。
- 引禍上身：惹來災禍。上身：被附身。
- 截：阻攔。

三國故事開麥拉

廣陵當地有位聲望很高的人叫陳登，他的父親叫陳珪，深受呂布信任。當陳珪聽說袁術和呂布聯姻，擔心二人結成親家盟友後，對他支持的曹操造成威脅，便想法子阻止。

事不宜遲，陳珪趕來見呂布，一進門便苦著臉表示來弔喪。呂布大吃一驚，連問有什麼不對勁嗎？陳珪哽咽的說：「將軍是大英雄，卻被那小人袁術騙了，將來女兒在他手上，要殺要剮（ㄍㄨㄚˇ）隨他高興，將軍只好事事聽他擺布！」

呂布頓時清醒了，想：「一旦讓袁術手上握著王牌，將來強行向我借兵、借糧，我爲了女兒的安全能不答應嗎？」耳根軟的他急忙派部下張遼追了過去，勢必攔下出嫁隊伍，把女兒搶回來。

悔婚的呂布派人向袁術傳話，表示嫁妝還沒準備齊全，等張羅好了再把女兒送過去。袁術氣得牙癢癢，大罵呂布不守信，把婚事當兒戲！

穿越時空

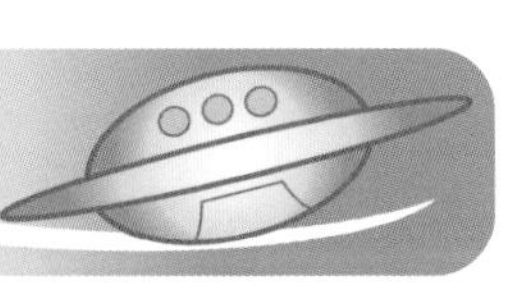

古人悔婚慘定了！

「訂婚」在現代並不受法律保障，也沒有規定結婚前要先訂婚，所以男女訂婚後，有任一方悔婚，都不構成違法，除非女方收下大筆聘金後不肯結婚，男方才可提告，要求收回聘金。

然而在千年前常有「指腹爲婚」、「割衫爲婚」，也就是父母替尚未出生的兒女訂下婚事，割下嬰兒的一小塊衣服當作結婚的誓約，這樣的行爲都屬「納徵」，也就是訂婚。

男女雙方長大後，便擇大喜日完婚。但是，有時會發生任一方家道中落、彼此有其他意中人……，而提出悔婚的話，其中一方的家長會遭判杖責六十大板（指重打屁股）；私下與他人訂下婚約，則重打一百杖；如果偷偷婚嫁，惡意騙婚的則將被判一年半刑罰。

三國笑史

18 張飛搶馬濃情篇

張飛假扮山賊奪走我們剛買的三百匹好馬。
可惡的張炭頭，欺人太甚！

呂布帶兵，興師問罪圍住小沛城。
小布，你帶這麼多人來鬧事，
我好害怕啊！
你三弟搶我的馬，給個交代，要不然，我翻臉不認人。

胡說！
我只搶了一百五十匹馬。
我明明丟了三百匹馬，你還狡辯！

甜蜜馬房
我只搶了一半，另外一半是晚上自己跑來的。

粉墨登場　萬人敵張飛

蜀漢勇猛的名將，世稱「萬人敵」。在羅貫中筆下成了莽漢，行事衝動、愛喝酒，捅了不少樓子。然而在史實上張飛是位「文青」，善長寫詩、書法、繪畫，當年擊敗曹營大將張郃（ㄏㄜˊ）後，張飛神氣的拿起丈八長矛，在八濛山石壁上刻字，記錄他率萬名精兵大破敵將的事，可見他的書法功力很深厚。

語文學堂

- 太甚：太過分。甚：音ㄕㄣˋ，過分。
- 翻臉：對他人態度突然變得很惡劣。
- 狡辯：狡猾地強辯。狡：狡猾、詭詐。

三國故事開麥拉

這一天，魏續急急來報，表示買好的三百匹好馬被假扮山賊的張飛搶走了。「好大膽！這大耳仔劉備活得不耐煩了，竟然敢派張飛來搶劫，氣死我了！」呂布怒火衝天，率領兵馬火速來到小沛，找劉備和張飛算帳。

呂布指著劉備大罵：「虧我還救過你，想不到你恩將仇報，搶我的馬匹！」不明究裡的劉備覺得莫名奇妙，說：「我哪有搶你的馬匹？」

捅了樓子的張飛回嗆：「我搶了馬匹你就惱成這德性，那你搶我大哥的徐州又打算怎麼交代？」兩人誰也不讓誰，到營寨外打了一百多回合都分不出勝負。

劉備見情勢沒有占上風，便派人向呂布賠罪，送回搶來的三百匹好馬，求他退兵。「哼！怕我了吧！饒你不死。」陳宮急勸呂布趁機殺了劉備，否則後患無窮。然而，自大的呂布壓根兒把陳宮的話當作耳邊風。

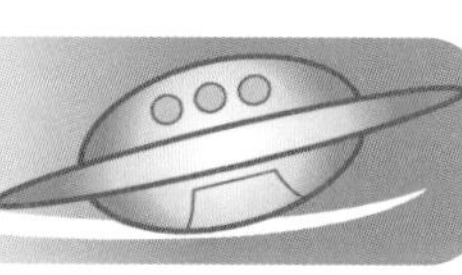

穿越時空

鐵漢子山賊宋江

講到山賊，令人印象最深刻的當推《水滸傳》梁山泊的大哥大宋江。《水滸傳》裡列出的一〇八條好漢，有的是虛擬人物，然而宋江卻眞有其人。

宋江本爲北宋淮南一帶的亂民，因不滿朝廷而號召群眾起義，後來接受招安投降。他的傳奇故事被施耐庵寫進小說裡，搖身成爲山賊老大。

爲人豪邁、慷慨的他，博得「及時雨」美稱。宋江能坐擁山賊老大絕非僅靠撒錢，他具有一流的組織統籌能力，以及軍事統率長才。想想看，梁山泊裡的山賊都各有本事，不是那種LINE一下就來的小咖，如果宋江沒有三兩三的膽識和本領，哪有法子當山賊老大。

受朝廷招安的宋江決定效忠國家，把「替天行道」大旗改爲「順天護國」，可惜一代鐵漢子最終被北宋奸臣高俅（ㄑㄧㄡˊ）用毒酒害死。

「替天行道」感覺很「匪味」，換個文青一點的。
宋P，這年頭流行網路行銷，順應民意，不如讓網友票選slogan。

三國笑史

19 操哥，我來了！

呂布翻臉不認人，劉備打不過呂布只好棄城逃往許昌投奔曹操。

戰場上果真是沒有永遠的朋友，也沒有永遠的敵人。
小劉，我當你是兄弟，放心，我會替你教訓呂布那沒義氣的小子。
操哥，我全靠你了！

劉備是能屈能伸的英雄，留下他終成為後患，該殺了他。
我研究，研究。
不能殺劉備，他以仁義聞名天下，
殺了他豈不是讓天下人說主公不愛賢才。
我研究研究。
郭嘉

殺？
不殺？
殺？
不殺？
到底殺不殺？真難決定。
最後曹操決定不殺，還舉荐劉備為豫州牧。

粉墨登場　火力超強的參謀郭嘉

因才智雙全深受曹操重用，是營帳裡火紅的參謀之一。當年荀彧和郭昱主張殺前來求救的劉備時，他卻獨排眾議，塑立曹操也好仁義的形象，可見其IQ和EQ都高人一等。他建議曹操攻袁紹前，先除掉呂布，並提出戰勝袁紹的十大勝因，果然官渡一役，在郭嘉的策略下以少勝多，奠定曹操統一北方的基礎。

語文學堂

- 能屈能伸：失意時能夠忍耐，得意時能夠施展才幹。也說大丈夫能屈能伸。
- 豈不是：難道不是，反問的語氣。豈：副詞，表示反問或疑問。

三國故事開麥拉

　　劉備歸還呂布三百匹好馬後，到許都投奔曹操。「我被呂布逼得走投無路了，能不能讓我留在這裡？」劉備的苦情戲演得很虐心，連曹操都好同情。然而，幕僚荀彧、程昱反對，認為劉備是勁敵，一定要殺了他。

　　郭嘉認為劉備以仁義自居，殺了他會引起天下豪傑反彈，等同削減自己的實力。曹操深表贊同。

　　白臉曹也是擅長演內心戲的人，眼見如喪門狗的劉備前來投靠，殺了他確實給人不佳觀感。於是他向漢獻帝推荐，派他當豫州牧。

　　這樣一來，曹操便可利用劉備對抗呂布，這招不花錢又對自己有利的計謀，曹操用的眞漂亮！

操哥，我身無分文，可以用工作抵債嗎？
我這裡缺煮飯的，以後你就去廚房幹活吧！

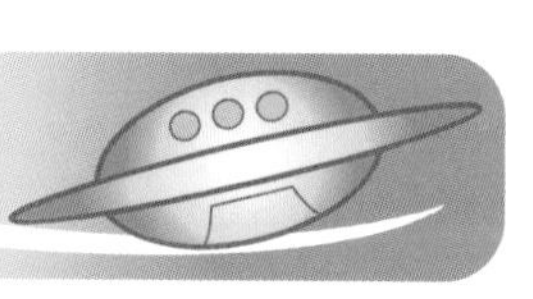

洗澡，竟成了法定假日！

現代人想一天洗幾次澡都沒問題，然而，數千年前的古代就無法這麼隨性，商湯時有一句深具啓示的銘文「苟日新，日日新，又日新」，就是提醒世人除了洗淨身體的汙垢，也要淨化心靈。

古人視洗澡是一件大事，包括沐和浴。沐，指洗頭髮；浴，指洗身子，細的布用來擦拭上半身，較粗的布則擦拭下半身，從洗澡盆出來後，還得在草席上用熱水淋身體，才能換上乾淨的衣服和帽子。

漢朝時還爲洗澡制定了法定假日，每隔五天讓官員放假回家洗澡。這些官員在家裡慎重其事的洗澡，不能隨便搓洗也不能「乾洗」唷！古人常用洗米水、澡豆來洗身子，澡豆是用豬胰臟磨成糊狀，再調和豆粉、香料等等，經自然乾燥而製成的塊狀物，有去汙和潤澤皮膚的功效。當然，這種高級沐浴品僅限富貴人家使用，市井小民就沒那麼講究了。

三國笑史

20 曹操的緋聞事件

曹操發兵圍攻關中叛將張繡，謀士賈詡勸張繡獻城投降。
賈詡
張繡
哼！算你識相。

我愛人妻，更愛小寡婦。
來得容易的勝利讓曹操沖昏頭，失了戒心，還生色心，竟勾引張繡剛死了丈夫的叔母上床，紙包不住火，醜事傳到了張繡耳裡。

曹賊欺人太甚，我非殺了他不可！

張繡暗中計畫報復曹操。
喂！數字週刊嗎？我要爆料，政府官員曹操的桃色不倫事件，是的！我手上有光碟片……

粉墨登場　恨曹又投曹的張繡

他與曹操之間的戲碼比婆媳本土劇還勁爆！張繡自叔父張濟死後，接掌兵權，占領了宛城。當曹操攻宛城時，他聽謀士建議投降，後來又與曹操發生激烈衝突，奪回宛城。張繡氣不過曹操欺凌守寡的叔母，決定與實力派劉表聯合起來，攻打曹操，然而在官渡之役前又倒戈，是個政治立場搖擺不定的人。

導演，我一下降曹一下攻曹，鐵定被嗆聲！

語文學堂

- 關中：陝西渭河流域一帶。
- 識相：會看別人的神色行事。
- 沖昏頭：形容頭腦迷糊，做事不謹慎。
- 桃色：本指粉紅色，常形容跟不正當的男女關係有牽扯的事。

三國故事開麥拉

劉備求救的事才安排妥當，卻傳來張繡率人馬屯兵宛城，聯合劉表將攻進許都，計畫劫走漢獻帝。曹操大怒，親自帶領十五萬大軍，命令武將夏侯惇打先鋒，大批兵馬在安河駐紮。

探子火速向張繡傳達軍情，「急報！曹營派出十五萬大軍就快攻進宛城了！」謀士賈詡判斷硬拚不利，建議先投降曹操。張繡也嚇了一跳，派賈詡去見曹操，表示願意投降。

曹操向來惜英雄，他很賞識賈詡，開口要他來曹營，但是賈詡拒絕了。第二天，賈詡又來到曹營，熱誠的邀請他進宛城，天天大魚大肉和美酒款待。有一天夜晚，曹操喝醉了，想找樂子，他的侄子曹安民很白目，竟安排張繡的守寡叔母鄒氏侍候曹操。

這件事爆發後，張繡大罵曹操侮辱他，進而聽從賈詡的計策——突襲曹操。

【三國八卦報】

白臉曹酒後泡辣妞　緋聞女主角是寡婦

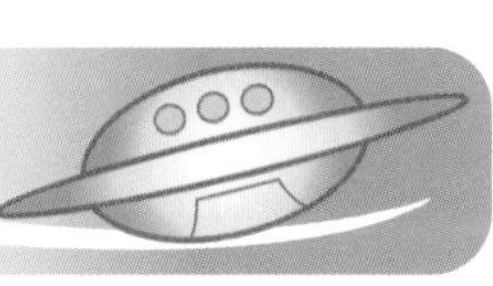

漢朝寡婦很有行情！

中國向來男尊女卑，女子在家從父，出嫁從夫，夫死從子，並守寡一生，拚個「貞節牌坊」，遺留美名在人間。古代對寡婦要求很嚴格，得做到「寡婦不夜哭」，半夜裡哭哭啼啼的會惹來笑話，千萬使不得。

守寡，這碼事沿襲到漢朝起了變化，強悍的呂后把持政權，還大封諸侯的夫人爵位和封邑，「母黨專政」下，女性主義擡頭，夫死再嫁，又死再嫁，只要有行情，嫁幾次都沒關係。

改嫁在皇宮裡更是常見，像漢武帝的姊姊平陽公主就是死了丈夫後，改嫁大將軍衛青；漢宣帝的女兒敬武公主就連嫁了三次，行情好火紅！沒有再嫁的也公然養「面首」，時下網路用語叫花美男、鮮肉帥哥。

在我的字典裡沒有「守寡」二個字，我愈嫁愈有行情！
女兒啊，嫁妝花太多錢了！
三次出閣
嫁妝帳單

三國笑史

21 大力怪典韋

張繡深夜裡發兵
攻擊曹操住處，
從睡夢中驚醒的
曹操倉皇逃命。

典韋快來救我！

喝得爛醉的典韋揮動雙刀趕來救駕。
典韋在此，曹公別怕！

你這次若還能不死，我就為你申請金氏世界紀錄。
破世界紀錄有沒有獎金？
典韋這次真的沒命了！

粉墨登場　頂尖武將典韋

力氣大得驚人，據說八十斤的雙鐵戟在他手上，運斤成風，打得勁敵聞風喪膽。他因受夏侯惇的推荐而擔任曹操的私人護衛，曾救曹操逃離火場。後來張繡放火燒曹營，他被灌醉，武器也被偷走，爲了保護曹操，典韋使出格鬥精神，一人擋殺了好幾人，最後才身中數箭而死。

語文學堂

- 爛醉：大醉。爛：表示程度很深。
- 救駕：本指救皇帝，後多比喻援救陷於困境的人。
- 曹公：指曹操。公：古代對成年男子的尊稱。

三國故事開麥拉

張繡暗中進行殺曹計畫。他壓抑下怒火向曹操表示，近日逃兵多，要加強夜間巡邏，曹操沒有起疑。

當天夜晚，喝到醉茫茫的曹操聽到營帳裡人喊馬嘶的嘈雜聲，派手下查看，說是張繡在夜巡。「哦，原來如此！」喝醉的曹操也不以爲意，安心的呼呼大睡。

到了晚上九點至十一點，糧倉起火，曹操還沒有警覺心，直到殺聲震天，才慌張的大喊隨扈典韋。不料，典韋被張繡灌醉，聽到主公救命聲，迷迷糊糊的起床，發現隨身使用的雙戟不見了，「誰偷了我的兵器？」典韋在匆促中，只好應急的拿了一把腰刀衝殺出來！

勇猛的典韋連殺了二十多人，自己受了重傷，連腰刀都砍斷了，最後倒在血泊中死去。曹操拚死騎著馬逃了出來，然而馬也中了數箭，險渡白河時愛駒的眼睛被射中，倒地死了。曹操的長子曹昂將馬讓給父親，自己則被亂箭射死！

穿越時空

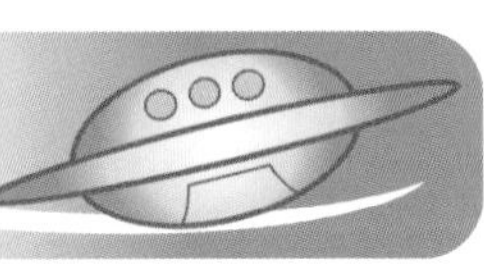

古代逃兵，這下慘了！

逃兵，這碼事不僅現代時有所聞，古代也常發生。那時候小戰、大戰頻繁，士兵們出生入死，死在疆場就是白骨一具，留給故鄉的家人憑弔，實在悽涼！

因爲苦，所以有了「落跑兵」，尤其吃不飽、長途遠征、沒打握打贏，以致軍心渙散時，士兵覺得與其死在戰場，不如冒險趁機溜走，所以「揪團」逃走就見怪不怪了。

古時候軍令如山，連皇帝也得遵守。大將軍對逃兵施以斬首，屍體還被掛在軍營的大門外，警告那些想逃兵的人；嚴重的則整營的人都遭連坐處死；更慘的是逃兵的三代也受酷刑，好一點的當奴隸，慘烈的則被送至敵營作交換條件，陪死去的敵將殉葬。如果不幸打敗了，城池失守，沒死的士兵也會被朝廷認爲未盡責任，統統處死。

Good night！
守門大哥，辛苦啦！
喂，你們是藝工大隊，要去勞軍表演嗎？

月黑風高，士兵揪團逃走……

三國笑史

22 好色操大失血

張繡領兵窮追不捨，曹操三路奔逃，為了保護曹操逃命，先是典韋陣亡，接著曹操長子曹昂和侄子曹安民都死在逃亡的路上。
曹昂
曹安民

于禁
危急中，多虧曹將于禁領兵殺退張繡追兵，救了曹操性命。

我死了兒子和侄子不會傷心難過，
我只痛哭失勇將典韋啊！
我為了女人，這次真的付出慘痛的代價啊！
主公愛將之心真是令人感動。

兒子和侄子死了不用賠錢，
典韋的喪葬撫卹金，可就讓我大失血了！

粉墨登場　看管墳墓的于禁

曹操的得力武將，帶兵十分嚴格。當年曹營紅牌武將夏侯惇的部屬違法亂紀，他看不慣而率兵鎮壓，而獲曹操獎賞。于禁曾參與官渡之役和赤壁之役，作戰經驗豐富。後來關羽攻樊城，他前往救援卻失敗遭俘虜，幾年後他被送回魏國，掌權的曹丕並不感激老將，反派他去看管曹操墳墓。後來于禁憂憤而死。

語文學堂

- 多虧：表示受別人的幫助，避免了不幸或因而獲得好處。
- 慘痛：淒慘沉痛。
- 撫卹金：發給受傷人員或死者家屬的補償費。
- 大失血：形容賠償或花費了很多錢。

三國故事開麥拉

曹操因好色損失慘重，又被張繡追著跑，非常狼狽！偏偏屋漏遇到連夜雨，這時候夏侯惇急報，手下于禁造反。

曹操一聽，氣得率領部將討伐。

奇怪的是，于禁見大批兵馬到來，也不向曹操說分明，僅忙著紮軍營。曹操正想大罵時，遠方傳來人馬廝殺聲，原來是張繡率兵打了過來。

于禁率先迎敵，張繡見曹軍有準備，急急退兵。于禁與眾將追殺了一百多里才撤兵回營。

于禁一進營帳，便向曹操說明因爲夏侯惇縱容士兵擾民，他才出兵鎮壓；另外，因爲要提防張繡追殺，所以先紮好營帳，以致沒有即刻稟報。

曹操懲處失職的夏侯惇，獎賞立功的于禁，並令手下準備祭品，祭拜典韋，痛哭失去猛將。曹操這齣「虐心」戲，又爲自己贏得愛將的美名，實在高招！

穿越時空

想拿撫卹金，看傷口！

我國古代對英勇殺敵的將兵會給予獎勵，除了職等高陞外，還會發放獎金，若士兵受傷而導致身殘或死亡，也會撥給家屬撫卹金。

然而，並非不是所有受傷的將兵都有資格拿到撫卹金，朝廷會請專門人士檢查傷口。不是傷口愈大撫卹金愈多唷，而是看傷口在前面或後面。怎麼說呢？因為傷口在身體前面，表示你與敵人正面迎戰而受傷，值得獎勵；相反的，傷口在背面，表示你屬「落跑兵」，逃亡時被敵人追趕，從後面刺中。這種受傷或身亡的「落跑兵」，一毛錢也拿不到。

大體來說，古時候因為作戰受傷、陣亡、積勞成疾都能享有朝廷頒布的福利，受難家屬用不著大費周章的去申請國賠。

三國笑史

23 袁術稱帝洩了氣

得到傳國玉璽的袁術起了稱帝的野心。
我今日就宣布當皇帝，建帝號仲氏，光宗耀祖！

袁術當皇帝之後為顯威風，齊發七路大軍征討悔婚失義的呂布。
呂布不是省油的燈，大發虎威殺退袁術七路雄兵。
呂

袁術兵敗不甘心還想報仇，派人過江東向孫策借兵。
我不但不借，
還要發兵討伐袁術稱帝大逆不道之罪。

為什麼沒人肯幫我，
當皇帝就這麼難嗎？
袁術，你還不懂？
沐猴而冠也當不成人啊！

粉墨登場　脫胎換骨的孫策

袁術稱帝時，當年那個十七歲即死了父親的孫策已經脫胎換骨，不同凡響，壓根兒沒把袁術放在眼裡。他的父親孫堅戰死，無依無靠的孫策委曲的拿傳國玉璽向袁術換些兵馬，靠著「小資」和好友周瑜協助，建立江東地盤。當袁術厚著臉皮開口借兵時，孫策嗆了回去，一吐多年的嘔氣！

語文學堂

- 顯威風：展現聲勢氣派。顯：表現、顯示。
- 省油的燈：比喻安分不惹是生非的人。也說省油燈。
- 雄兵：泛指強大的軍隊。

阿術伯，傳國玉璽沒還我，還敢來借兵，沒有江湖道義唷！

三國故事開麥拉

東漢建安二年，袁術在安徽省壽春縣建造宮殿，公開稱帝。「當關東盟主有啥神氣，我當皇帝耶！」一想到兄長袁紹滿臉嫉妒的表情，袁術樂歪了，徹夜狂歡。

袁術稱帝後志得意滿，想起呂布殺他的使臣韓胤，又大辣辣的悔婚，害他丟足面子，舊仇新恨湧上心頭，便統領二十萬大軍，兵分七路激攻徐州。

這頭的呂布慌了，問謀士陳宮有啥好主意？陳宮早看出陳珪父子沒安好心，便主張是那對父子惹惱了袁術，殺他們謝罪就沒事。呂布派人抓來陳珪父子，不料陳登反「將」了陳宮一棋，獻計說袁軍都是豆腐渣，他有把握說服袁軍大將韓暹（ㄒㄧㄢ）、楊奉做內應，放火燒營寨。

呂布依計進行，殺得袁術哀哀敗逃。袁術吃癟，想向孫策借兵反攻，想不到被那小屁孩嗆聲，氣得袁術回嗆要率兵找他算帳！

穿越時空

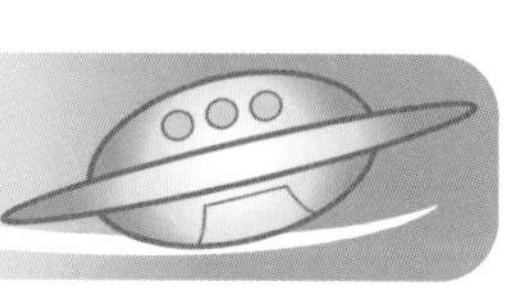

爲什麼沒有羞恥叫「不要臉」？

「不要臉」，僅僅三個字卻火力十足，殺傷力滲到五臟六腑！中國向來崇尚孔孟學說，高調宣揚禮義廉恥，唾棄沒有羞恥心的人。「知恥」成了中國儒家提倡的「全民運動」，喊出「知恥近乎勇」，不知恥的人如過街老鼠，人人喊打！「不知恥」，聽起來像文言文，講口語一點，白話一些的就是——不要臉！

臉，臉蛋、臉孔、臉龐，文言一點的說法是「面」，爲何不講「不要面」呢？因爲「臉」是口語說法，日常生活中我們講洗臉、臉好紅、臉皮好厚……，不會講洗面、面好紅、面皮好厚……，這樣多拗口，而且也失去口語的生動性。

想當年袁術厚著臉皮向孫策借兵，被狠嗆回去，若時空變成現今，孫策的對白可以改成：「不要臉！我不借！」六個字，簡短有利，袁術可能當場吐血，不用等到兵敗落跑時。

別讓記者拍我「走鐘」的臉！

不要臉

這角度讚！

三國笑史

24 群雄一起打袁術

袁術稱帝成了衆矢之的，天下群雄人人喊打，有志一同要把袁術拉下帝位。
打地鼠遊戲
啪！
孫策
呂布
碰！
曹操
劉備
碰！

袁術像過街老鼠，被四路雄兵打得到處逃竄，毫無招架之力，
不得不從壽春退守到淮南以避攻打。
淮南

早知道就不當這破皇帝，
我真是自找罪受啊！

袁術想把傳國玉璽這燙手山芋脫手，連忙聯絡袁紹。
哥！我這可是破盤價了，傳國玉璽是A級翠玉，現在市場行情看俏呀！
我考慮考慮。

粉墨登場　顧人怨的皇帝袁術

袁術自以為民調高，在壽春縣稱帝，圓了當君王的美夢。無奈現實很殘酷，蓋了宮殿，卻找不到有才能的臣子；兒子當上太子，呂布不給面子，硬不把女兒嫁過去。民調「狠」低趴的袁術，腦袋瓜可說是超合金組成的，硬邦邦，沒有高超謀略，僅想耍威風、報仇，搞得大失民心，「打倒袁術」成了群雄運動。

語文學堂

- 眾矢之的：許多支箭所射的靶子。比喻大家攻擊的目標。的：音ㄉㄧˋ，目標。
- 過街老鼠：歇後語。比喻人人痛恨的大壞蛋，人人追打。
- 竄：從字形上看是一隻老鼠躲在洞穴裡，本義為躲藏，衍生為逃跑的意思。
- 看俏：市場某種商品出現賣價好、暢銷的趨勢。

三國故事開麥拉

袁術向孫策借兵不成，大罵：「臭毛孩子，你反啦！」孫策雖然回嗆，卻也怕袁術瘋過頭，便提高警戒，寫信聯絡曹操，表示袁術想借兵反擊。

曹操被張繡擺了一道，狼狽奔回許都後，即刻重整兵力，並爲猛將典韋修建祠堂祭拜，以及封典韋的兒子爲中郎將。他接到孫策的密函，又獲報袁術到陳留縣一帶搶糧，「好大膽！敢搶我的家鄉！」便率領十七萬兵馬討伐袁術。

途中，曹操與前來的劉備合作，各自率兵來到徐州。這股討伐袁術計畫以曹操爲首，與呂布、劉備、孫策四路人馬包抄夾擊。

袁術見群雄四面攻打，急忙收拾金銀財寶，率軍衝破突圍，朝淮北逃去。途中，他愈想愈不甘心，氣得吐血死了。短短二年多的皇帝夢轉眼成雲煙。

快！叫大廚準備沙朗牛排豪華套餐。
煮飯的阿三師落跑了，只剩檢驗不合格的泡麵！

穿越時空

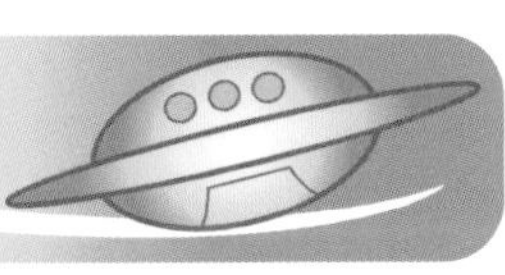

袁術稱帝——三長兩短

時下政論節目流行找名嘴談論政治，時空穿越到東漢，名嘴們若處在千年前，他們對袁術稱帝短短二年多就垮臺，又有什麼看法呢？

名嘴甲：當年關東聯軍討伐董卓，他負責掌管糧草，堂堂富二代卻成了刻薄的阿伯，東扣這個諸侯糧草，西減那個諸侯糧草，搞得大家糧草不足，想要彼此救援也沒轍，導致軍心渙散。

名嘴乙：貴公子袁術敗在太天眞、心胸狹隘、自我感覺過度良好。怎麼說呢，他因呂布悔婚，氣得興兵打強敵，而且挑個大荒年，士兵吃不飽，馬兒餓肚皮，怎麼有力氣打戰？還有，誰不惹，偏偏去惹戰神呂布，有夠不識相！

名嘴丙：這個人的腦袋是超合金，僅有一堆零件！當時最強的兩股勢力屬袁紹和曹操，這二個人都不敢妄自稱帝，怕招惹天下群雄反彈，袁術卻以爲擁有傳國玉璽，天下就歸他，一個字——蠢！

哼！這些人靠「消費」我才有通告，我鄙視！鄙視！鄙視！鄙視！

三國笑史

25 代罪羔羊王垕

曹操發兵十七萬討伐袁術，每日要消耗大筆糧食，眼看糧食將盡，糧倉官王垕急忙向曹操報告。
你改用小斛發糧給士兵，應應急！
嚴重缺糧
王垕

如果士兵有怨言，怎麼辦？
你按照我的話做，我自有辦法。

以小斛發軍糧讓全軍怨言四起，曹操怕激起兵變，夜裡叫王垕來營帳說事。
曹
這事總要有人出來頂罪，為了平撫軍心，
我要借你項上人頭示眾。
我傻得相信黑心老闆的話，是我豬頭太笨！

想要頭拿去！

粉墨登場　糧倉官王垕（ㄏㄡˋ）

曹營的糧倉官，是個老實人。然而「老實」這種美德並沒有爲他帶來高官厚祿，反而成了命喪黃泉的兇器。管糧食的他負責塡飽士兵的肚皮，眼見缺糧了，向曹操急報，卻遭設計。王垕一步步照著曹操的「謀殺劇本」演出，以爲萬一事情鬧大了，曹操會有情有義的扛起來，想不到自己竟然成了祭品，被斬首以平怒眾。

語文學堂

- 斛：音ㄏㄨˊ。古代量器，方形口小底大，容量本十斗後改爲五斗。一斗爲十升。
- 應應急：應付緊急情況或迫切需要。也說應急。
- 說事：談論事情。
- 項：頸子。

三國故事開麥拉

曹操是「討袁術」聯軍的老大哥，所謂「天下沒有白當的老大」，十七萬大軍每天都要吃飯，當時恰好是荒年，百姓繳不出穀物。

曹操本想打快速戰，無奈敵將李豐硬是關緊城門。過了一個多月，糧食愈來愈少，他只好向孫策借十萬斛糧，卻不夠吃。糧倉官王垕趕緊向曹操通報。曹操淡定回道：「用小斛盛米糧不就得了！」

王垕覺得不妥，但曹操表示已經擬定完美計策，他像吃了定心丸依照吩咐執行。

果然不出所料，士兵們見糧食變少了，紛紛罵道：「王垕竟然扣軍糧，好差勁！」曹操爲了穩定軍心，誣賴是王垕貪汙軍糧，下令斬首。原來曹操的完美計策，是拿他的腦袋當祭品，這老實人死得好冤！

【白臉操耍奧步】

穿越時空

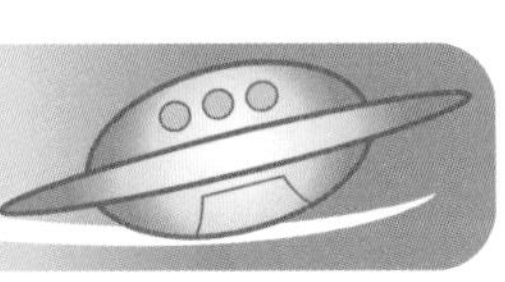

呷飯皇帝大！

「呷飯皇帝大」是一句常見的臺灣俗諺，也說「吃飯神皇帝大」，意思是安心吃飯很重要，不可以延誤或打擾別人用餐。

爲什麼有這句俗諺呢？因爲中國古代是農業社會，吃飽了才有力氣幹農活，餓肚子啥事也幹不成，這樣一來就大大的影響收成，農作物欠收，不僅沒米吃，也沒米糧繳給地主，更無法繳給朝廷，是相當嚴重的事。所以老祖先說：「民以食爲天」，呷飯，這檔事很重要！

古時候天大地大皇帝也很大，「皇帝」在百姓眼中是至高無上的，在這種觀念下，人們認爲吃飯時就像皇帝般不能受打擾，不能邊吃邊罵人，也不能打小孩，所以在口耳相傳下，產生「呷飯皇帝大」這句俗諺。

以正確飲食觀念來說，保持愉快心情吃飯，沒有壓力才容易消化，俗諺裡蘊藏了老祖先的智慧，千年來都受用。

小策策，借點軍糧給阿伯用。

操伯，你麼幫幫忙，用餐時間請勿講話！

三國笑史

26 詐騙高手曹操

曹操嚴令大軍不可踐踏莊稼，違者斬首，
誰知剛下命令，自己的馬被飛鳥驚嚇踏入麥田中，一陣亂踏，糟蹋了一大片麥子。

我真是作法自斃，難道要自己砍自己的頭？
得想個辦法唬弄過關。
我犯了軍法，讓我死了算了！

郭嘉
主公統領軍隊責任重大，怎麼可以自殺。
兩人唱起雙簧。
你說的話挺有道理，那我就割髮代首，當作處罰以正軍紀。

給我剪個時髦點的髮型。
老闆，沒問題！

粉墨登場　唬弄雙人檔曹操和郭嘉

曹操心機深，愛耍小手段；參謀郭嘉反應快，硬拗功力一流，兩人一搭一唱，唬弄伎倆堪稱出神入化。當曹操假意自殺，郭嘉見狀，趕緊掰出瞎理由，協助曹操逃過「作法自斃」的厄運。後來，這個A咖參謀在戰爭途中病死，曹操感嘆如果郭嘉還活著，自己就不會在赤壁之役搞得灰頭土臉了。

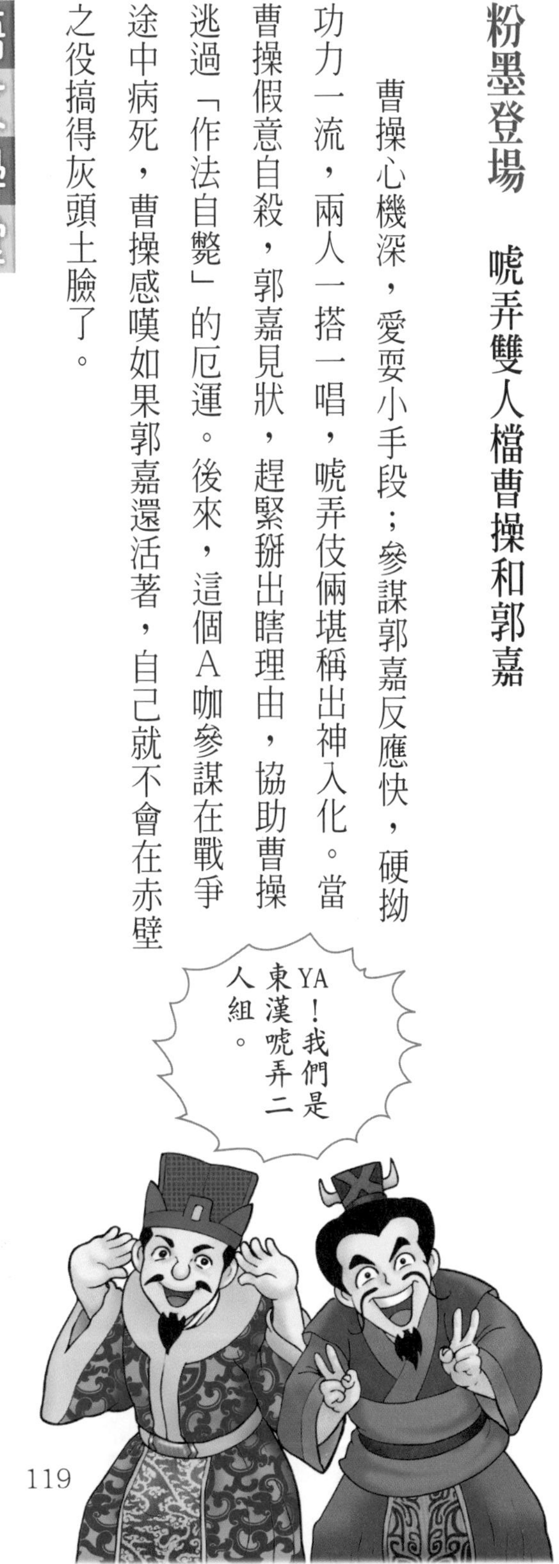

語文學堂

- 莊稼：農作物，泛指糧食作物。
- 糟蹋：浪費損壞。
- 作法自斃：自己立法反而使自己受害，也就是自作自受。
- 唬弄：哄騙的意思。

三國故事開麥拉

東漢建安二年，西元一九七年，正是群雄攻打袁術如火如荼時，曹操撂下狠話，三天內攻不下壽春縣，士兵一律砍頭！他當起超人，冒著箭雨在城外搬運石頭塡壕溝，眾將們也燃起熱血，奮勇攻城。

這時候，曹操獲報張繡又起兵，他一方面安排孫策牽制與袁術同夥的劉表，一方面安排呂布、劉備分別守徐州、小沛，並暗中對劉備說：「我使的是『挖坑殺狼』之計，等時機成熟，我一定助你宰了呂布。」

曹操部署好後回到許都，那時是農曆四月，正準備收割麥子，曹操下令，軍隊經過麥田，嚴禁踐踏，違反者一律砍頭。不料，曹操騎馬前進時，麥田裡飛起一隻斑鳩，馬兒受到驚嚇，衝進麥田，把麥子踩得一塌糊塗。

曹操很傻眼，郭嘉趕緊瞎掰：「《春秋》表示法律不施加於尊貴的人身上。」曹操一聽即自己割髮代首，化解了圍機。

曹操割髮代首化解一死
劇情驚聳創下高收視率

穿越時空

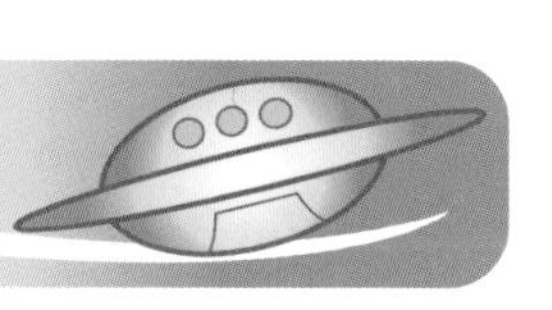

古代男人爲何都是長髮一族？

以現代人來看，女人留長髮天經地義，烏溜溜的長髮輕輕一甩，迷死人了！時下也有男人蓄長髮，但畢竟是少數。

不同的是，古代除了出家人，否則都留著長髮，爲什麼呢？因古人深受「身體髮膚，受之父母，不敢毀傷，孝之始也」的觀念影響，不敢隨意剪髮，即使剪了頭髮也得找個地方埋起來，不敢當垃圾丟掉。

另一種原因是，沒有方便的理髮工具。漢朝雖然已經出現理髮匠，拿著交股式鐵剪爲人理髮，然而剪刀不能用來剃頭和刮鬍子，所以人們都留長髮和長鬍子。

其實，古代留長髮挺麻煩，既沒有去頭屑的洗髮精，也沒有潤髮乳、護髮霜，很多人一年才洗一次頭髮，貧苦的人甚至一輩子才洗一次，所以頭蝨大軍橫行，古人得用一種梳齒很細密的篦（ㄅㄧˋ）把頭蝨梳下來。

阿蝨，難得你有孝心，明天我就搬過去。

阿母，我這裡很舒服，要不要搬來住？

三國笑史

27 終極追殺令

曹操剛打跑袁術又想收拾呂布，他寫信給劉備要他出手相助。
好！我答應與曹公聯手對付呂布。

沒料到，送回信的使者被陳宮捉住，綁到呂布面前。
可惡的劉備，我讓他再回小沛城屯兵，他不但不感謝我，還想聯合曹操對付我，
那我就先下手為強，消滅這個大耳仔。

呂布派張遼和高順領兵攻擊劉備，劉備派簡雍出城到許都跟曹操討救兵，半路上遇到先行的五萬曹軍。
夏侯惇
曹
曹
簡雍
我都還沒到許都，你們怎麼知道要出兵救援？
那也太快了吧！
我們的情報員，早就把情況通知我們了。

你這個土包子，用手機即時通訊軟體傳訊，揪團招人就是快！

粉墨登場　曹營大將張遼

本來是呂布的手下，曹操殺了呂布後，在劉備和關羽的說情下，免於一死，改降曹操。張遼是一名出色的武將，於官渡之役和赤壁之役都擔起重任，相當受曹操賞識。據說他太威武勇猛了，連哭泣中的小孩子聽到他的名字，都嚇得停止哭泣。後來他隨著曹軍進攻東吳時，身中數箭而死。

語文學堂

- 屯兵：駐紮軍隊。
- 大耳仔：據說劉備面相奇特，耳朵很大，被戲稱「大耳仔」。
- 揪團：網路用語，召集很多人的意思。

喂，我很喜歡小朋友，別亂傳這種沒營養的謠言。

三國故事開麥拉

曹操回到許都後，收到袁紹派人送來借兵借糧的密件，他看了內容，很火大：「向我借兵糧，姿態還擺這麼高，哼，我非打到他趴地求饒！」

參謀郭嘉分析打袁紹的勝算，認爲有十條必勝優勢，但他建議先攻打呂布、袁術，除掉這二個沒腦的大患後，再找袁紹算帳。

謀士荀彧也贊成。於是曹操一方面虛與委蛇的封那個臭屁的袁紹爲大將軍，大力支持他攻打公孫瓚，另一方面則派使者送密件給劉備，提議合作。不料，這齣完美作戰戲碼有點「走鐘」，送信的使者在途中被陳宮抓住，信也落到呂布手裡。「這個大耳仔太過分了！枉費我當時轅門射戟救了他，現在他居然忘恩負義，聯合曹操要殺我！」呂布即刻派張遼出兵攻打劉備。

合作戲碼還沒開始就有點荒腔走板，劉備派人向曹操求援，他則率領關羽等人嚴守城門，等待曹操的援軍到來。

【袁紹老大來信】

穿越時空

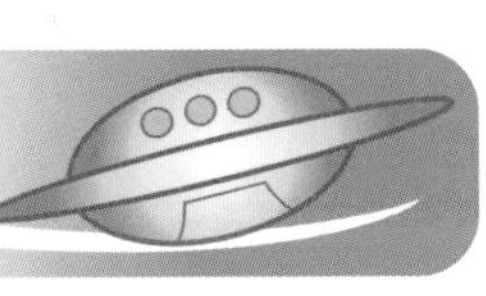

啥麼?信，是指人！

「信」，這個字打從我們學習寫字開始，就知道是「書信」的意思，網際網路發達後，叫「電子郵件」，發簡訊也算寫信，更潮的則用通信軟體Line來Line去，重要的、相思的、報備的……都能即時讓對方知道。

然而，我們從古文、古詩詞裡發現了一件有趣的事——「信」，是指送信函的人耶！古樂府：「有信數寄書」（送信的人屢次稍來信函）、《資治通鑑》：「宜急追信改書」（應緊急追送信使者修改書信內容），這二句裡的「信」都是指傳送公文函件的人，不是書信。

古代的信函叫「書」、「尺牘」，像杜甫的「家書抵萬金」、成語「鴻雁傳書」中的「書」不是課本，指的是信函。在紙未發明前，人們拿竹片、木片刻字寫信，叫「尺牘」或「檢」，在尺牘上簽名叫「署」，所以有了「署名」一詞。

討厭啦！我那個初戀情人阿海又寄情書來了，好害羞！

三國笑史

28 聽某嘴的呂布

曹操包圍徐州城，在城下喊話要呂布歸降。
只要你肯投降，我就重用你！
呂布有些心動，但陳宮極力反對。

小布，我負責守城，你領兵在城外紮下大營，我們成犄角之勢互相協防，
曹操久攻不下，糧食耗盡必定退兵。
小宮經紀人，這個辦法好，我立刻準備出城安營。

呂布回去收拾行李時，大老婆和小老婆都反對呂布出城。
貂蟬
嚴氏
你不許到城外住！你忍心留下我們啊？
我不要獨守空閨，那樣好寂寞。
對啊！

我昨晚太累了，現在腿軟出不了城。
你早晚會被女人害死，
還會連累我們死無葬身之地！

粉墨登場　呂布的大某細姨

依《三國演義》所述呂布有二妻一妾，大老婆叫嚴氏，爲他生下個女兒，主張與袁術結姻親的就是她；二老婆是曹氏，她的父親曹豹曾被酒後的張飛痛打；小妾即美麗的貂蟬，董卓死後即占爲己有。這群妻妾纏著呂布別出城，溫柔鄉攻勢下，呂布捨棄謀士陳宮的建議，自掘墳墓，一步步走上不歸路。

語文學堂

- 紮：音ㄓㄚˊ。駐紮，軍隊在某地方紮帳篷。
- 犄角之勢：把兵力部署在不同地方，互相支援，以牽制共同的敵人。犄：音ㄐㄧ，本指牛、羊等兩角相對的樣子，後引申有牽制的意思。

三國故事開麥拉

曹操派夏侯惇（ㄉㄨㄣ）等大將救援劉備，自己則率軍接應。這一戰打得很慘，夏侯惇被敵將曹性射中左眼，他忍痛把箭和眼珠子拔出來，還一口吞掉眼珠子。

接下來的戰情猶如推骨牌般速倒，曹軍和劉備等人被打得落花流水，劉備還上演「落跑記」，把老婆、兒子丟在城裡。

本來穩贏的呂布因陳珪父子臥底，退回下邳（ㄆㄧ，今江蘇省）。所謂「七月半鴨毋知死活」，呂布以爲城裡糧食充足，城外又有水流環繞，重整旗鼓的曹軍打不進來。

陳宮苦勸呂布主動出擊，他卻捨不得老婆嚴氏和小妾貂蟬，不想出門。陳宮無可奈何，悲嘆的說：「我們將死無葬身之地了！」

猛將夏侯惇吞眼珠子
超高收視率鬥垮友台

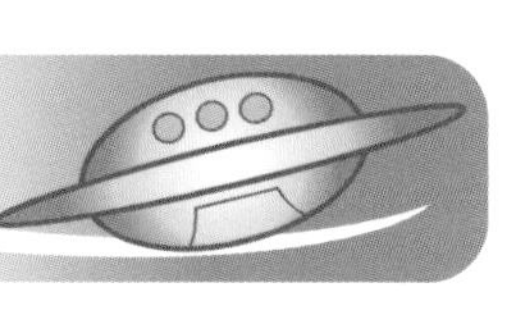

穿越時空

趣看古代「囧」字

「囧」（ㄐㄩㄥˇ），是時下流行的網路用字，其火紅程度幾乎高居漢字排行榜冠軍，連電視節目名稱都用上了。

這個「囧」字還眞有意思！仔細瞧，活像一個人倒著八字眉，張開嘴，窘得說不出話。但是，你相信嗎？這麼「潮」的字，並不是二十一世紀才出現，據考古文物專家研究，早在二千年前的陶片上就出現這個字了。

其實「囧」爲文言文用字，甲骨文的「囧」指的是窗，外圍的大口表示房屋，裡頭的倒八字和小口，表示窗戶。許愼《說文解字》中的〈囧部〉，即敘述：「囧，窗牖麗廔（ㄌㄡˊ，房屋門窗通明的樣子）。」不知什麼原因，古人好像不太中意用「囧」來表現窗戶，而改用「牖」（ㄧㄡˇ），一直沿用到現在。後來「囧」有了光亮的意思，與時下寓意無奈、難爲情等意思差很大！

三國笑史

29 斬陳宮狀況篇

下邳
曹操用兵如神，奪下徐州，呂布逃往下邳，堅守城池不出戰，曹操下令潰決沂、泗兩河之水淹了下邳，讓呂布坐困愁城。

呂布手下宋憲和魏續趁夜裡造反，綁了醉酒酣睡的呂布和睡夢中的陳宮，獻城投降曹操。
魏續
宋憲

你是我救命恩人，只要你開口求饒，我就饒你不死。
我偏不求你，要殺便殺，我不怕死！

你都嚇得尿褲子了，還說狠話。
最後曹操一路依依不捨送他上刑場，殺了不肯求饒的陳宮。

粉墨登場　叛將宋憲和魏續

曾協助呂布把劉備趕出徐州，後來，宋憲、魏續被曹操圍困在下邳，同營的侯成因偷喝酒，惹得呂布大怒，被處以棒刑，打個半死。二人對呂布的無情很不滿，決定與侯成倒戈，給呂布難堪，往後，宋憲、魏續在對抗袁術軍隊時戰死。然而，史實上二人僅與侯成合作，抓了陳宮，也沒有成爲曹操的部屬。

我懷疑作家老羅的歷史成績都抱「鴨蛋」！

語文學堂

- 邳：音ㄆㄧ。東漢古地名，位今江蘇省。
- 坐困愁城：被困在艱苦的境地裡，無法脫離。
- 酣睡：熟睡。酣：音ㄏㄢ，飲酒盡興。
- 偏：偏偏，表示故意跟客觀情況、要求相反。

三國故事開麥拉

呂布打出「婚約牌」，想通殺曹、劉二軍。這次，袁術提防重演「落跑新娘」戲碼，表示先把女兒送來，才肯出兵援救。

半夜，呂布把女兒綁在背上，在張遼、高順護送下溜出城。不料，途中竟遇到劉備等攔截，只好又退回城裡。

曹操連續二個月圍攻下邳都沒有結果，郭嘉提出「水淹下邳」。「搞這種三流伎倆！」呂布自恃愛駒赤兔馬可以在水中奔馳，對下邳淹水絲毫不關心。有一天，呂布因小事棒打武將侯成，引起同僚的宋憲、魏續怨言，三人決定倒戈降曹。

呂布被叛將宋憲和魏續綑綁，連同陳宮被押到白門樓，曹操想留陳宮效命，卻被回嗆。陳宮求死心切，只求不要殺害老母、妻子，說完便從容走向刑場。

小宮宮，你變瘦了！回來吧！我請營養師好好的幫你補身體。
肥皂劇！爛片！
操哥，人家沒臉見你……！

穿越時空

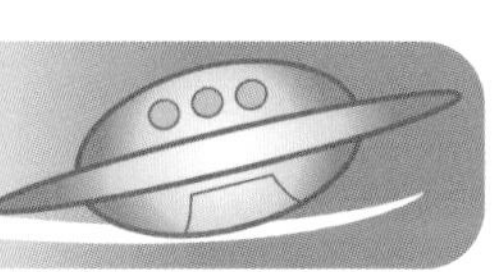

公主出馬，使命必達！

古代公主常肩負超強任務——主演政治聯姻的女主角，例如：齊桓公的女兒姜氏嫁流亡公子重耳、西漢王昭君下嫁匈奴、唐朝文成公主嫁至吐番。

當年重耳流亡到齊國，齊桓公把女兒下嫁給他。公主負有使命，以兒女之情綁住重耳，兼當女間諜，向齊桓公通報消息。

小倆口婚後幸福甜蜜，重耳逐漸把帝王大業甩到一邊。跟隨重耳逃亡的群臣們好急，躲在桑樹下密謀，想法子讓重耳離開齊國。這件事不小心被採桑女聽到了，向姜氏打小報告，卻被姜氏殺死。原來公主不願重耳窩在溫柔鄉沒作爲，便協助灌醉重耳，把他偷偷送出齊國。

公主姜氏以自己的膽識助丈夫一臂之力，是令人豎起拇指的賢妻。

阿娜達，快蓋章！答應我當上國君後，封我爲最美麗的皇后。

親愛的，別趕我走！

你們有完沒完，別再晒恩愛了！

三國笑史

30 呂布的不歸路

呂布，你這頭惡狼可知會有這樣的下場？
老曹，只要你饒我命，我以後忠心為你做事。

小劉，我以轅門射戟幫你化解危機之恩，你沒忘記吧？
我沒有忘記，好，我就為你說說好話求情。

曹公，你應該收呂布當義子，他肯定會為你效命打天下。
你當我傻啊！
這樣我豈不是要步上丁原、董卓的後塵，死在這小子手裡？

你這個落井下石的大耳仔，
沒義氣！
嘿嘿嘿，我忍耐很久了！
怨氣
曹操下令把呂布縊死在白門樓，結束這三姓家奴的性命。
劉備一句話說死呂布，報了呂布奪徐州之仇。

粉墨登場　「陷陣營」的高順

多年來跟隨呂布打天下，戰鬥力很強，與他正面迎戰的勁敵都居下風，所以贏得「陷陣營」封號。當年呂布在定陶山戰敗後，他與陳宮冒死保護其家人衝破突圍。後來，魏續等人窩裡反，他隨同呂布、陳宮等人被抓，相對於呂布臨死前苦苦求饒，他卻面不改色，是一名鐵錚錚的漢子。

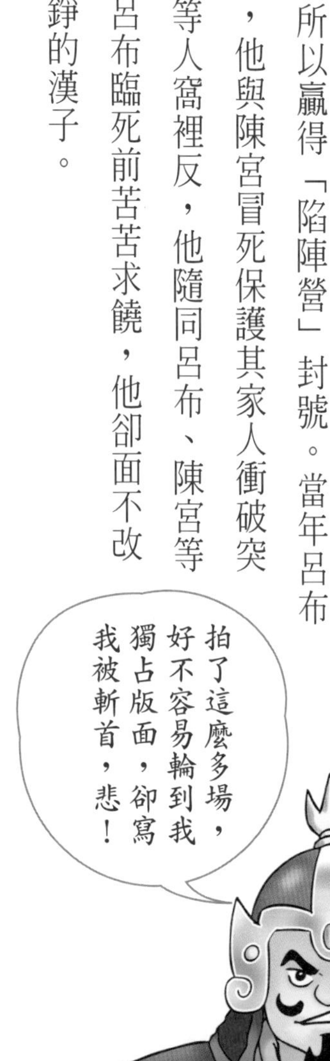

拍了這麼多場，好不容易輪到我獨占版面，卻寫我被斬首，悲！

語文學堂

- 後塵：走路時在後面揚起塵土，比喻居別人後面。
- 落井下石：比喻乘人危急時加以陷害。
- 縊：音 ㄧˋ。用繩子勒死、吊死。

三國故事開麥拉

呂布被曹營部將架到白門樓，一見曹操立刻放下身段，說：「從今以後，你當大將軍，我當副手，求你饒了我。」呂布打「悲情牌」＋「馬屁牌」＋「忠誠牌」，以三王牌想打動白臉曹的心。

曹操問劉備意見。「你忘了丁原、董卓的下場嗎？」劉備笑得很賊。

「喂，大耳仔，你忘了當年轅門射戟，我多麼熱血救你嗎？你這個忘恩負義的傢伙……」呂布大罵。張遼在一旁看不慣呂布那俗仔模樣，嗆道：「死就死了，怕什麼！」

曹操本來想斬了張遼，但劉備、關羽極力求情，便親自爲他鬆綁，脫下衣裳給他穿，張遼感動下投降。至於呂布則被拖至刑場，結束了一生。

穿越時空

呂布，敗在哪裡？

所謂「性格決定命運」，呂布「短視」、「貪財」、「好色」、「反覆無常」的劣等性格，注定他走向失敗。當年他認丁原爲義父，卻禁不起董卓的「銀彈攻勢」，殺了丁原。投效董卓後，與府邸的婢女暗通款曲（《三國演義》改成貂蟬），醜聞爆發後，便聯手李肅、王允殺了董卓。

接下來，他投向袁紹，卻因放任士兵搶奪，與袁紹鬧翻，改向劉備求援；但貪性不改，在袁術鼓吹下，「鳩占鵲巢」，搶了劉備的徐州；答應與袁術結親家，因耳根子軟，聽信陳珪胡說八道，又悔婚。

等到命運的幸運券快用光了，呂布卻像失心瘋般與妻妾窩在城裡，不肯迎戰；到了末日，他又哭又罵的求饒，搞得部下張遼罵他貪生怕死。這樣一個「顧人怨」的呂布，難怪會大敗！

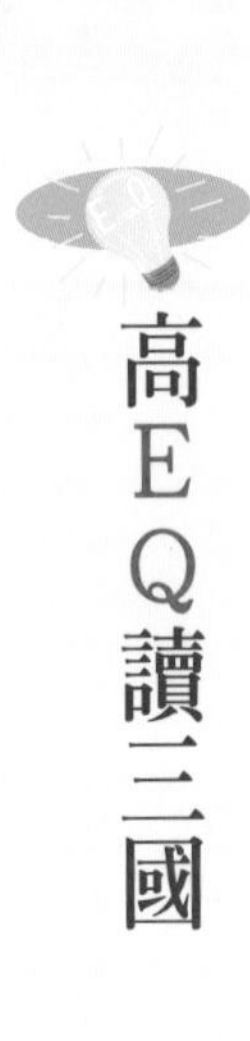

高EQ讀三國

1☆

讀過《三國演義》的人都知道戰神呂布的腦袋裝滿了鋁合金，沒有大智慧，耳根子軟、心胸狹窄，但是死心塌地跟隨他的人倒不少。以下哪些人是呂布的屬下，你知道嗎？

1. 東漢軍閥丁原
2. 熱血謀士陳宮
3. 藍波武將典韋

（參考答案見內文第67頁）

2☆

呂布與大老婆嚴氏生了個女兒，後來作主許配給某個大咖的兒子，這個大咖很滿意這門親事，大肆張羅結婚事宜，說說看，呂布未來的親家翁是誰？

1. 「話水欸結凍」的梟雄曹操
2. 叱吒風雲的關東主袁紹
3. 拿到傳國玉璽在壽春縣稱帝的袁術

（參考答案見內文第78、79、80頁）

3

我們每天都要上廁所，「馬桶」成了人們很親密的衛浴設備，如果沒有天天向它報到個幾回，恐怕就要到醫院躺了。古人也要上廁所，他們管「馬桶」的稱呼有好幾種，有的挺文青，有的又很俗。你知道還有哪些說法嗎？

1. 噓盆、馬盆、夜壺
2. 馬子、獸子、虎子
3. 尿盆、臀桶、灑尿桶

（參考答案見內文第25頁）

4

臺灣俗諺「乞丐趕廟公」是譏諷人忘恩負義，受他人幫助反侵占了對方的資產。以下的成語、諺語哪句有這層意思？

1. 鳩占鵲巢
2. 喧賓奪主
3. 乞食也有三年好運

（參考答案見內文第65頁）

5

曹操的謀士荀彧提出「二虎競食之計」和「驅虎吞狼之計」，前者的「二虎」指哪二人？後者的「驅虎吞狼」是什麼意思？

1. 二虎，指劉備和呂布；「驅虎」指除掉劉備，「吞狼」指鏟除呂布
2. 二虎，指呂布和曹操；「驅虎」指除掉梟雄曹操，「吞狼」指殺了關東主袁紹
3. 二虎，指袁紹和袁術；「驅虎」指除掉關東主袁紹，「吞狼」指推翻稱帝的袁術

（參考答案見內文第50、52、54、56頁）

6

《三國演義》裡呂布為了女兒的婚事忙得焦頭爛額。中國人向來重視「婚禮」，該準備的都不能馬虎。迎親當天，男方要準備一樣很特別的「大禮」去女方家，獻給岳父大人。這項「大禮」是什麼？又代表了何種寓意？

1. 猛虎，寓意新郎身強體健，如猛虎下山，氣勢如虹
2. 烏龜，寓意新郎和新娘會像烏龜般長壽，白頭偕老
3. 大雁，寓意男女婚後像被視為守信的大雁般，信守恩愛的承諾，永不變心

（參考答案見內文第81頁）

7.

呂布「轅門射戟」是《三國演義》裡膾炙人口的戲碼，用現今的說法是絕對創下收視率、點閱率飆高。如果穿越時空，你成了呂布，會如何解決大將紀靈和劉備之爭呢？

例如：

1. 讓雙方玩桌遊，贏的人有權作主
2. 舉行猜燈謎，答對愈多題的人可以要求對方
3. 舉辦賽跑，誰先達到目的地可以獲得對方的兵馬

（「轅門射戟」故事請參考內文第74、76頁，這道題目沒有標準答案）

8.

呂布長得高、帥、武藝強，又擁有美妻嫩妾和才情高的謀士，最後卻魂斷白門樓。依你的看法，呂布失敗的主因是什麼？

1. 被小人下符咒陷害，以致失去武功，被曹操一刀砍死
2. 迷信江湖道士之言，導致煉丹過度而死
3. 好色、自負、不聽謀士的建議出城迎戰、樹敵太多，以致被劉備一句話說死了

（參考答案見內文第134、136、137頁）

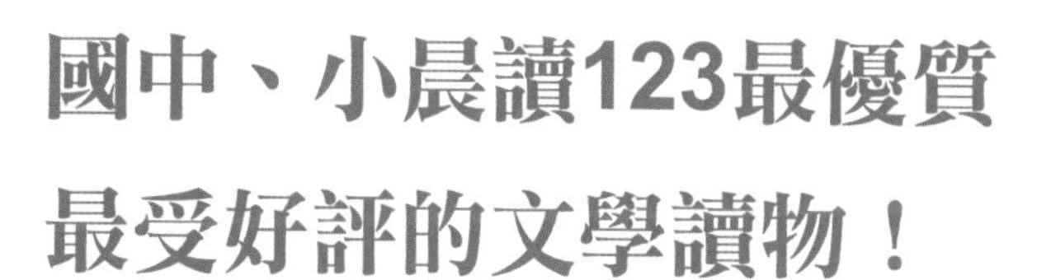

《廖玉蕙老師的經典文學》正當紅！

1. 中國大文豪故事
2. 唐朝詩人故事
3. 宋朝詩人故事
4. 史記故事
5. 歷代筆記小說故事
6. 聽說書人講故事
7. 悲歡離合戲曲故事

廖玉蕙老師的經典文學

總策畫：廖玉蕙　書號：1AN9

訂價2100元／一套七本

贈　《中小學生古典詩歌故事》／古典詩歌吟唱MP3／市價320元

國家圖書館出版品預行編目（CIP）資料

三國笑史 3,戰神呂布大暴走！ / 林明鋒編繪.

－－初版. －－臺北市：五南，2015.05

面；公分 －－（悅讀中文；71）

ISBN 978-957-11-8072-4（平裝）

1.三國演義 2.漫畫

857.4523　　104004200

三國笑史③ 戰神呂布大暴走！

編　　繪　林明鋒（117.5）
總 經 理　楊士清
副總編輯　黃文瓊
封面設計　童安安

出 版 者　五南圖書出版股份有限公司
發 行 人　楊榮川
地　　址：台北市大安區 106 和平東路二段三三九號四樓
電　　話：（〇二）二七〇五－五〇六六
傳　　真：（〇二）二七〇六－六一〇〇
劃撥帳號：〇一〇六八九五三
網　　址：http//www.wunan.com.tw
電子郵件：wunan@wunan.com.tw

法律顧問　林勝安律師事務所　林勝安律師

出版日期　一〇四年五月初版一刷
　　　　　一〇七年二月初版二刷

定　　價　二八〇元